Ludwig Weibel
**Die gottverklärten Häupter**
Sprache wie Musik für feine Ohren

Books on Demand

Bibliographische Information der Deutschen Nationalbibliothek
Die Deutsche Nationalbibliothek verzeichnet diese Publikation in der deutschen Nationalbibliographie, detaillierte bibliographische Daten sind im Internet über http://dnb.dnb.de abrufbar.

© 2015 Autor: Ludwig Weibel
Herstellung und Verlag:
BoD – Books on Demand, Norderstedt
**ISBN 9783738611854**

Ludwig Weibel

# Die gottverklärten Häupter

# Inhalt

Des Gotteswillens Zauberkraft
5

Harmonie und Seinsgewissheit
31

Holdseligkeit der Universensphären
57

Was die Mitte in sich selber findet
85

Die Geisteswirklichkeit der Welt
107

Träger welterschaffender Gedanken
135

Die Sicht auf was du wahrhaft Bist
157

# 1
# Des Gotteswillens Zauberkraft

## 1.1

Ich stehe vollbewusst in Meines Gotteswillens Zauberkraft, Bewusstheit und Genie. Mein Ausgang ist geprägt von götterlichtem Mich im Sein-Bewahren, derweil die Heimkunft Mir genau dieselbe Gunst beschert. Es geht nur immer darum, dass Ich's weiss und wissend aller Welt auf's Dringlichste und Dienlichste empfehle. Willst du Mich begreifen, so musst du Mich auch reden lassen in der Beuge deines Herzens, wie in deinem offenen Gemüte. Alles, was von Mir kommt, atmet Lebensfrische, Seinswahrhaftigkeit und eminenten Frieden, denn es ist in Meiner sinnenden Synthese siebenfach gereinigt und für dich und deine Seinskapazität erwählt. Du brauchst nur das Unvermögen deines eigenen Gewissens einzusehn und schon sprudeln dir gottselige Gedanken locker ins empfängliche Gemüt.

"Mir gescheh nach deinem Wort", sollst du beständig zu Mir sagen und dabei voll Ehrfurcht dem, was Ich dir Bin, bescheiden gegenüberstehn. Es ist ein leises, seelenvolles Unterfangen, das sich zwischen dir und Mir vollzieht in der geheimnisvollen Herzensstille, deren Ich bedarf für Meines Unterweisens Glorie im Götterstil. Den grössten Nutzen trägt beständig du von dannen, denn Mir selber nütze Ich nicht viel, weil Ich schon alles weiss und alles habe, ohne des geringsten weitern Wünschens Ziel. Es steht auf deiner Stirn als Merkwort aufgeschrieben, dass auch du dich als von allen Wünschen frei erweisen sollst, in deinem Seinsgehaben, es bleibe denn der eine, dass du Meine Stätte suchst, bestehn. Es ist die Güte Gottes, die sich dir dann offenbart, wenn du in deiner Mitte Mich auf's Wundertätigste gewahrst. Kein Wunder, wenn dir daraus die Entschiedenste Beseligung erwächst aus Meinen offnen Schalen. Inhaliere daraus, was

Ich dir entbiete und sei dir dabei bewusst, dass eines Gottes Filigran, Verfügung und Kaprize in dich fährt. Was du empfängst, vermittelt dir die Abenteuerlust, die Ich beständig in Mir hege und befähigt dich, demselben Wert genauso gut zu frönen.

Das genügt, derweil Ich dir aufs Innigste empfehle, vollendete Gedankenruh zu pflegen, was dir ohne weiteres den Herzensfrieden, dessen du wie nichts bedarfst, auf's Allerfreundlichste und Liebevollste, Gottgesegnetste und Würdigste beschert.

## 1.2

Offenbar ist Mir die Summe deiner Lebenstaten, wo immer sie geschehn. Du bist an einen Weltgedankenpool geschlossen, zu dem Ich ungehindert Zutritt habe. Nun sieh du zu, dass von deiner Seite nichts Verderbliches hineingerät, denn alle, die dem Weltendenken schaden, müssen Mir dafür einst tüchtig Red und Antwort stehn. Du tust gut daran, dich Mir aufs Innigste verbunden und vermählt zu fühlen, denn im Grund genommen kann es da nichts geben, was wir nicht zusammen unternehmen. Ohne Meinen Einfluss liegt das Ganze brach und ohne deinen muss ein winziges Geschiebe stocken in der Weltbewegtheit, die Ich beständig und inständig inszeniere.

Rüttelst du an deinen Stangen, kann Ich sie dir gütevoll verbiegen, dass sie deinem Freisein nimmermehr im Wege stehn. Es gibt für dich gar viele Möglichkeiten, dich in Eigenheiten einzuschliessen, doch kannst du dich aus ihnen mit Geschick, Gewandtheit, wie mit Meiner Sternenhilfe ungesäumt befreien.

Dein Da-Sein in dem Meinen ist unendlich gross und lässt dich, wann du immer willst, auch im Unendlichen verweilen.

Blicke auf ins himmlische Bedenken und gewähre dir wie Mir des Freiseins makellose Zier.

1.3
Was Mir die Beziehung zu dir gilt, leg Ich, klar geäussert, vor dich hin und frage dich, ob du den Bund fürs Ewige in Meiner Formulierung akzeptieren willst auf Lebenszeit und –zirkulation? Im Grund kannst du Mir nicht entweichen, allerhöchstens magst du vor dem weisen Dokument den Augen-Blick verschliessen, doch im mählichen Erwachen beeindruckt es dich immer mehr. Ich streite nicht um Meine Rechte an den deinen, aber dir steht es wohl an, mit dem zurecht zu kommen, was von Mir ausgeht aus der Fülle meines Seins, um dich damit sanft und sicher ins Unendliche zu führen.

Was du dabei gewinnst, ist eine Schau auf was du *Bist* von überragendem Bedeuten und von einer Süsse des Empfindens, die alles übertrifft, was dir bisher geschehn. Du gehst als Strahlender von Gottes Ebenbildlichkeit daraus hervor, wie als neugebackener Versierter in der Kunst zu sein und alle unverschämten Grillen aus dem göttlichen Bewusstsein zu verjagen. Somit liegt der Ball bei dir bewunderswerte Ballerina der holdseligen Gelüste und du magst ihn dirigieren dorthin wo du immer willst, er landet stets bei Mir, um von Mir aufgehoben und, mit reicher Fracht versehen, deiner Innigkeit zurückgeschickt zu werden. So geht das flink und fröhlich, wissentlich und überschwänglich zwischen Mir und deinem Hofe her und hin und begünstigt, was du Bist, in überaus gefälligen und bunt gemischten Massen. Dein Sein wird farbig, fürstlich, kapriziös und wunderbar gediegen und erfüllt sich in der Weise der Verliebten in das waltende Gesetz des Herrn, an dem die Himmlischen wie Irdischen ihr Ziel, ihr Wonnesein und ihre Herzensfreude finden.

1.4
Darüber will Ich dich belehren, wie traditionsreich, krisensicher und gewandt Ich Bin in einer Welt von trotzigen Verlierern. Sie trumpfen auf und lassen sich im selben Zuge schmählich hintergehn. Sie sind des süssen Fabulierens voll und lassen die Projekte, die ihnen eben noch das Ein und Alles schienen, schamlos fallen, um sich getrost dem nächsten zuzuwenden.
  Alles, was *Ich* unternehme, ist hingegen standfest, wohl durchdacht, unzimperlich und ausgewogen. Meine Machart für die Welten ist dem Sternenall enthoben, das Geheimnis ihres Seins entfaltet sich aus dem, was Ich Mir Bin im Überall, das weder raum- noch zeitgehörig ist in seinem urgewaltigen Wesen. Erfühlst du Meiner Seele seliges Geflüster und erkennst du Mich geradewegs in dir, bist du bestimmt für alle Zeit als "*Das was ist*" als Urgrund und Gesetz, Geläufigkeit des Himmels und der Erden, der Kultur – genauso wie der Heiligkeit, in der die Gotterfüllten selig *sind* und ihre Gegenwart erleben.

1.5
Bereit, für was Ich dir vergebe, sollst du sein, wie für den Drall, der darin liegt, dass Meine Dinge explosiv und quirlig, kantig, grobschlächtig und skurril sein können, wenn es Mir gerade einfällt, Mich in der vifen Flussgewalt des Lebens quer zu stellen,. Das bewirkt, dass Meine Kräfte sich am Widerstand, wie an der Stetigkeit des Aufruhrs, stählen, den Ich süffi-

sant und penetrant, lasziv und firm in jene Wege leite, die Meinem kreativen Sinnen offen stehn. Nur, dass Ich Mich in ihnen nicht verliere. Es ist Mir nämlich ebenso daran gelegen, anstatt nur gestählt, auch feingetrimmt, beweglich und landauf landab geliebt zu werden. Aus diesem Grunde halte Ich Verwandlungsfähigkeit für eine Tugend, die gepflegt und hochgehalten werden muss durch alle Altersstufen und Veränderungen, die Mir stets obliegen.

Alles in allem Bin Ich höchst entzückt darüber, dass Mir weitaus mehr gelingt, als Ich Mir je gewünscht und vorgestellt, herbeigesehnt und ausbedungen habe. Das, was Ich heute Bin, ist zu einem Freudenfest der Eloquenz und Virtuosität im Handeln und Verwandeln, Eigenständig- und Versiertsein angeschwollen, die sich wahrlich sehen lassen können in der Tage Dreistigkeit und Tribunal.

Was hat es nun auf sich, dass so viel Würdiges *und* Kritisches geschieht in Meinem Reich und Meinen reichgeschnittenen Gedanken? Es ist halt immer der Versuch, noch mehr aus Mir zu machen, als es schon seit Urzeit war. In diesem Sinne will Ich reif und riesengross und flügge werden im Bewusstsein Meiner genialen Kräfte wie Meines Zeugungs- und Kreditvermögens. Es versteht sich dabei, dass Ich Mich in Meinem Innersten und Delikatesten beständig rein und makellos erhalte, wie's die alles überragende und überkragende, gutgewillte und beglückte Gottheit immer war. Mein Sein geht nimmermehr dahin, weil es ewig leistungsfähig und in sich erbaulich und erspriesslich ist und völlig unbescholten in der Grazie des Himmels, durch die es sich feinsinnig und gekonnt bewegt.

Du tust gut daran, dich an das Mächtige zu halten, das dein Inneres zutiefst bewegt und es zum Grandiosen führt, das du dir Bist in deinen Wundern. Du weidest dich an den Gelegenheiten, sauber, sakrosankt, blauäugig und dir selbst bewusst zu sein in der Unendlichkeit der Sphären, die dann deine Heimat sind in wunderbar befriedender und seligmachender Manier.

## 1.6
Kannst du ermessen, was es heisst, sich würdig darzustellen auf der Ebene der Erdgebundenheit und der vom Irdischen geprägten Güter? Das kann nur dem gelingen, der sich selber kennt als das geheimnisvolle Wesen der Unendlichkeit, das sich in alles giesst, was *ist,* und sich zuvörderst auch im Menschen offenbart in vollen, runden Zügen.

Bist du bereit, dies Wunderbare zu erkennen und zu schätzen, gewinnst du unermessne Achtung vor dir selbst, wie vor allen Wesen Meines Innewohnens.

Das Weitere ist dann ein wahres Kinderspiel, nämlich auf den Punkt zu kommen, wo Ich jedem Seinsvernünftigen als ganz reell und glaubhaft, relevant und väterlich erscheine. Wie freut sich da der Weltengeist, der Ich Mir Bin, an jeder auferweckten Seele, die was versteht vom Ewigen und sich nicht irritieren lässt von den Propheten einer Weltvernunft von offensichtlichem Versagen.

Was Ich verkünde atmet das Arom der wahren Tüchtigkeit am Universenwerk, das Ich vollbringe und schlussends besinge in so zauberhaften Tönen, dass die Lauschenden darob entzückt sind und sich flügelleicht ins Sein erhoben fühlen. Berückend schön ist es, wenn viele dieses Zustands Ebenbürtigkeit mit dem erreichen, der da *ist* und sich im eignen Namen ausspricht als Ich Bin und Bin die Weise der Allherrlichkeit im himmelweiten Mich-Begründen. Dasselbe gilt für dich, sowie du das

Gefesseltsein an deine Selbstheit und In-Dich-Verstiegenheit verlassen hast, zugunsten dem Dichselbstbewusst-und-seelenvoll-ins-Kosmische-Erheben. Das ist dann die Erlösung von dem Schmerz des An-das-Irdische-Gebundenseins und lässt dich jubeln ob dem wunderbar gesegneten Gefühl des Freiseins von jedwelchen Nöten. Das bedeutet, dass du anerkannt und heiss geliebt bist von den Gottesgeistern, die dich ohne jeden Vorbehalt umwirken und umschweben, um dein Wohl, wie deine Eigenart, aufs Trefflichste und Freudenvollste zu begründen. Was willst du mehr, als immerzu als Seinsgesegneter und Wissender im Erdenrund, wie in den Himmeln der Allherrlichkeit zu leben, um dem Wunderwerk der Gottheit die ersehnte Krone aufzusetzen im ereignisvollen und erhabenen Allhier.

Spute dich, um deinen Anschluss an den Universenzug nicht zu verpassen und dringe unbeirrt, vertrauensvoll und gläubig vorwärts durch die Dschungelwelten von verwirrenden Ideen und Gedankensprüngen. *Sei* und mische dich voll Verve in Meine Seinsaffären, um dich zügig und salut ins Menschengöttliche hinaufzuschwingen, als in Mir und Meinem ausgesprochen wonnevollen All-Genügen.


1.7
Friedensplan im Rosengarten Meiner Gunst dir gegenüber, wie der Welt, im grandiosen, fürstlich aufgezogenen Allhier. Was Ich will und was Ich stets bedenke ist das Wohl und Wehe Meiner Lieben. Daraus resultiert die Fülle Meiner Aktionen, die dem Zwecke dienen, gut zu machen, was beschädigt war und Güte zu verströmen, wo ein Herz in Unruh, Bangigkeit und Sehnsucht sich empfand. Ich teile mit, dass alle, die ihr Vorbild, ihre Trefflichkeit und

ihr Genügen in Mir suchen, reichen Anklang finden ihrer Situation.

Bist du Meinen Weltenplänen untreu und abhold geworden, wird es für dich schwierig werden, auf der ganzen Linie der verwinkelten Ereignisse in deinem Leben zu bestehn. Ich aber bin bereit, auf jeden Anruf warm und innig, ungesäumt und seelenvoll zu reagieren, um dein Wesens Seinserkenntnis zu befördern und dich in die Räume Meines Gegenwärtigseins zu führen. Alles was du Bist, soll Mir und Meinem Seligsein gehören; dein Bewusstsein soll das Meine werden, wie es immer war.

1.8
Ich bedenke Mich im Kollektivverfahren über all die sachverständigen Welten hin. Damit wird verzapft, verzahnt und fabelhaft verbunden, was vordem wie in Einzelhaft gehörig einsam war. Der göttliche Gedanke gleitet hin und wider, auf und ab und überstreicht, wie's ihm gefällig scheint, die denkenden Gemüter mit begnadeten Ideen sonder Zahl. Das macht, dass eine ganze Heerschar sich bemüssigt fühlt, demselben Ziele zuzustreben. Auch du bist wie mit feinen Fäden mit der herrschenden und denkenden Elite wunderbarerweis verbunden, um Meine Sache rundherum voranzutreiben.

Manche mögens süss und viele herb und bitter auf der Strecke, die Ich ihnen als ihr Schicksal ins Bewusstsein trage. Das gebiert dann die Verschiedenheit der Seinsinteressen, doch über allem weht der Wind der Einheit, als von Mir erzeugt und treulich ausgegeben. Ohne die verbindende Staffage kann nichts Weltenwürdiges geschehn, denn soviel Köpfe soviel Meinungen müssen sich im gegenüberliegenden Gewichte Gleichmass bieten. Nun aber Bin Ich nicht nur überall das Zünglein an der Waage, sondern schlicht und schlüssig auch das Mass der Dinge, die da *sind,* wobei ich nimmer zögere, der Wahrheit ihren Vorrang einzuräumen.

Das sollst du dir gut merken, dass von höchster Warte aus das Wahre abgesegnet und das Lügnerische ungesäumt verdammt wird von dem richterlichen Throne. Majestätisch klingt das Wort: du bist verflucht und – gottgesegnet hier - und dort, je nach der Tat, die du begangen. Versündige dich nimmermehr an Meinen guten Gaben, sondern mehre sie so, wie die Güte deines Herzens es befiehlt. Dann Bist du, Meiner würdig, in den Himmel der Gerechten aufgehoben, bist eine Quelle reiner Freude für den Gottesstaat und für die vielen, die darin ihr Glück und ihre Wohnstatt finden. Mische dich nur ein, wo *Ich* die Karten längst gemischt und vor dir aufgedeckt und ausgebreitet habe. Da kannst du lesen, was sich denn gebührt und was schlussendlich ins Elysium führt von Meines Seins Gehaben und Erlaben, Freigehänge und Brillanz, wie auch der Herzenswonne wunderbar beseligendem Brüten.


1.9
Ziel Meiner Motivationen ist es immer, Heil und Helle, Heiterkeit und Wohlklang zu begründen in den Herzen derer, die da *sind*, in ihres Wesens gottgefälligem Revier. Nun schau du zu, dass deine Züge glatter und markanter werden ob dem Einfluss, den Ich dir gewähre. Sieh es als Geschenk des Himmels, was dir wie von unbekannter Hand ins Leben strömt, um es geschmeidig, resolut, geschwisterlich und friedevoll zu machen.

Leiste dir den Aufwand, wissbegierig und erfolgreich, weise und bewusst zu sein im Zuge deiner vielversprechenden Ambitionen. Es lohnt sich immer, Meiner Hoheit schrittweis und gezielt, gedankenvoll und rührig nah zu kommen, weil damit die Lebensqualität, wie auch das Seinsgefühl, bis ins Unendliche gesteigert werden. Deines Trachtens nach der Summa theologica, das heisst nach Mir, soll nie ein Ende sein, bis du, in innigem Verschmelzen, Meines sakrosankten Seins Genügen, Servitut und Sagenhaftigkeit erreicht hast in bedeutungsvollen Erdentagen. Du weisst, es gibt nichts ausser Mir und somit Bist auch du der Inbegriff der seinsbewussten Universenweiten, die in ihrer Würde, Genialiät und Geistigkeit allüberall das Sagen haben.

Wappne dich und *sei,* empfinde tiefe Dankbarkeit für dein so fabelhaftes Resümee und lass dich von Mir ohne jeden Vorbehalt ins unermesslich Liebevolle treiben.


1.10
Du schweigst und kränkelst, kriselst und negierst, derweil Ich, Mein alleiniger Patron, auf einem Sockel steh' von überragendem Bedeuten, wie von einer Weltendominanz, die ihresgleichen sucht in allen Daseinsregionen. Manches kommt auch Meinem Stande bitter an, doch ist Mein Auftritt und Gehaben, wie sich's denn gehört, von unermesslicher Brillanz und Auserlesenheit getragen. Eine Weihe ohnegleichen hüllt Mich ein und überträgt sich auf den Reichtum an Ideen und Gepflogenheiten, die Ich Mir zugeordnet und errungen habe. Was Ich damit Bin, ist unerreichte Spitze des Bewahrens einer Dignität von götterlichtem Rang und Namen, wie von überragender Holdseligkeit per se in Meiner Gottnatur. Das ist, weil Ich Mein Sein und Meine Sinnkraft, Meines

Wesens Duktus und Talar erkannt und in Mein strahlendes Bewusstsein eingemittet habe. Damit ist die ganze Weltenpracht auf Mich bezogen, derweil sie von Mir ausgeht und zu Mir zurückkehrt in äonenlanger Stimulation und Wertbeständigkeit, Verfügbarkeit und Genialität des Generierens.

Was Ich dir zum kapitalen Trost bereite, ist die gütetriefende Bemerkung, dass du, auf das Sein bezogen, Meinem in nichts nachstehst, denn du bist fugenlos in alles integriert, was *ist* und darfst dich rühmen, eines Gottes menschenfreundliches Kalkül und Wohlbewahren, Seinsgewissen und Gedicht zu sein in wunderbar gediegener Manier. Nun sage Mir, ob das nicht stimmig ist und glimmig wie noch nie für deinen glückerfüllten Busen, den Ich mit der Zärtlichkeit des Himmels, wie mit der Glückseligkeit Elysiens, erfülle, ohne jeden Zweifels Spur. Du brauchst dein Glück des Götterdaseins nur zu spüren, wie die optimale Freiheit, die damit einhergeht im erhab'nen Geistesschauer, der dich dann beseelt.

Mach aus dir, was du schon Bist und wage nicht, Mich zu enttäuschen, der Ich dein Geliebter Bin im Geistesabenteuer, das wir generationenlang begehn und das uns ewig weiterträgt und prägt als Seinsgesegnete und Unversehrte, Majestätische, sowie in Ätherräumen Wohlbewahrte durch den Nimbus der Äonen.


1.11
Erschrecke nicht, erwecke, was du Bist, im tiefgefassten Glauben. Was du einst warst, kannst du wohl sagen, doch was du sein wirst, ist dir noch verborgen, so wie sich der neue Tag, bevor er da ist, in der Nacht verbirgt. Doch deine Hoffnung auf die Helle gibt ihn dir aus der Erinnerung wieder und

vermittelt dir das Lichte und Allherrliche in wunderbar beseligenden Zügen.

So wird, was werden muss, in deinem willigen Gemüte und was dir Klarheit gibt darüber, wessen Geistes Kind du Bist, mit auserlesenem Geschmack und Wonnesein versehen. An nichts wird es dir fehlen und dein Tagewerk gebiert so viel an Seinsbegeisterung und Fülle des Erwartens, dass du staunend ausrufst: das Ist es, was ich immer wollte und was jetzt an mir geschieht im Morgendämmer eines neuen Lebens, dem ich mich vertraue, silberhell und süss. Die Wogen sind geglättet und die Menschenseele ruht in lichten Stille, die sich über alles breitet, was da *ist* und was befriedet und zur Seligkeit erlöst. Ich Bin, darfst du erleichtert zu dir sagen und "Du Bist" tönt es voll Liebe aus dem All der Welten in dein heilgewordenes Gehör. Damit ist endlich alles gut und glorios, erhaben, heiter und zutiefst beglückt an dir geworden, derweil du dich als Inbegriff der Weltenseele, wie des Weltenwillens und des Weltenichs erfühlst. Laudate Dominum singt deine Seele in Vertrautheit mit dem Herrn, derweil sie Seine Güte spürt, wie Sein Verlangen, allem nah zu sein, was Er sich zur Erbauung und Erkenntnis Seiner überragenden Talente und Begriffe, Fähigkeiten und Holdseligkeiten schuf. Und du Bist mitten drin in der Verheissung und Erfüllung grandioser Zeiten, die dein Sein beflügeln und dein Wonnesein ins Unermessliche verteilen, liebevoll, bezaubernd, licht und morgenschön.


1.12
Trost in Tränen wirkt der Herr in Fällen, wo das Schicksal Härte zeigen musste und das Weh der Welt besonders schmerzlich traf. Bist du einer von den vielen, die sich ungerecht behandelt fühlen,

muss Ich dich daran erinnern, dass du selber dich in diese Situation begabtest, aus des früheren Lebens Wucht, Gestaltungskraft und Stil. Nun obliegt es dir, das Karma abzutragen, das auf deinem Lebenskonto lastet. Heil im Heil sollst du dir werden, makellos und gütig allem, was dir so begegnet, gegenüber, um als Gottesheld und Seinsverklärter dazustehn.

Dein Soll ist dann erfüllt und deine Geistesschwingen sind gewappnet für den Flug ins Jenseits aller Dinge -und zugleich ins Diesseits aller Wirklichkeiten- die Ich Bin und die Ich ohne jede Künstelei aufs Überzeugendste vertrete. Ohne Zweifel hat nun alles seinen Richtwert, seine klare Diktion, seinen Auftrag und das himmelszärtliche und seinsbezaubernde Genügen.


1.13
Erfahrung ist die Königin der guten Dinge, die dir widerfahren können. Wahrhaft konstruktiv bist du, wenn deine Taten sich aus dem, was du schon weisst, wie aus der Fülle deiner Fantasie und Genialität zusammenreimen. Was aber ist das wirklich Geniale anderes als Meines Impulsierens Stärke und Gewandtheit, Überlegenheit und Stil? Du gibst dich merklich einem Höheren, Vorzüglichen dahin, wenn dein Besinnen schweigt und deine Produktivität vollends an Meine, Tatenträchtige, gekoppelt ist, voll Einfalt und Verlangen. So bist du, was du Bist, aus dem was Ich in dir Bin geworden, und deine Krisenfestigkeit besteht vornehmlich aus der Einsicht in Mein Hilfsprogramm an deinem Werken, Laborieren und In-ewiger-Ungeduld-Vergehn.

Lass es gut sein, wenn Mein Liebeswort in deine Seele sickert und dich allgemach von Meiner profitablen Gegenwart verbindlich überzeugt, derweil die Leute dir ein Kränzlein winden ob dem, was du strahlend hinlegst in der Breite deiner Seinsbravour. Verstehst du es, der Menge Urteil schweigend und galanten Lächelns hinzunehmen, ohne dich mit dem zu brüsten, was du tatest, bist du auf dem rechten Weg zu Mir, wie zur Anerkennung Meiner Motivationen.

Was ist Wahrhaftigkeit, wenn nicht dein Wille, Meinem offensichtlichen Erscheinen in dir anzuhangen und dich vollends auf das zu verlassen, was *Ich* dir in Herzlichkeit und Generosität empfehle? Du nimmst und gibst und alles ist für dich wie Mich in bester Ordnung und Entschiedenheit solange, wie Ich dabei wunderbarerweise dominiere. Du malst dir aus, was wahrer Segen für dich ist und musst unweigerlich auf Meinen Einfluss und Mein götterlichtes Flussbett stossen. Das begeistert dich und lässt dein Leben wohlbemerkt in Schönheit, Heiterkeit, Gelassenheit und Seinsglückseligkeit erblühen.

Ergreife *Mich* und du hast alles, was da *ist*, ergriffen, liebe Mein Gehaben und du erweisest dich als Mein geliebter und allherrlicher Gespan.


1.14
Wacker und entschieden trete du in Krisenfällen vor dich selber hin und bedeute deinem Sein: Du sollst nun selber dir beweisen, wie gewandt und radikal, liebevoll und heiter du geworden bist, im Umgang mit dir selbst und deinen Seins-Allüren.

Merke dir dabei, dass du im Reich der Gegenwart das Künftige und Zünftige bereitest, das dir dann geschehen wird im Menschenweltbetrieb. Was anderes kann das bedeuten, als dass du jetzt das auslebst, was du früheren Lebens an dir wirktest und mit Freude oder Bitternis versahst.

Somit eröffnet sich dir das Kontinuum des Lebens über Generationen von Geburten hin, derweil dein geistig Wesen wallt und schallt durch die Unendlichkeit dahin als Sein vom Sein, dem Ewigen erlesen.

Das *ist* es, was du Bist in deiner Wirklichkeit und deinem Dich-als-Göttersohn-Erleben. Ich zeuge dafür, dass es so schon immer war und dass sich in den Sphären der All-Herrlichkeit die Dinge voller Zartheit und Gottseligkeit, Ergriffenheit, und Lebenswonne zueinanderfügen.


## 1.15

Konzentration und gute Laune lassen sich bei Mir aufs Beste kombinieren. So soll es sein, dass durch den Fokus eine Sache Feuer fängt und weiterum die staunenden Gemüter wärmt und wohlgemut erheitert.

Du gehörst noch lange nicht zu einem Volk von Brüdern, Schwestern und Erleuchteten, von denen stets ein Schimmer wahrer Menschlichkeit und Tugend ausgeht, der in Meine Richtung weist und in die Wohlgewogenheit der Geistespähren. Es ist nun eben so, dass Meine Dinge zwar für alle *sind,* jedoch nur von ganz Wenigen in ihrem wahren Sein erkannt, gefördert und behütet werden. Das kommt daher, dass die Getreuen *Meiner* Zunft den Drang zur Trägheit überwunden haben und hellwach in *Meinem* götterlichten Sinnen stehn.

Das könnte wahrlich etwas für dich sein, was die ernstlich Strebenden in ihrer strömenden Lebendigkeit, Bewusstheit und Ranküre leisten. Denn einmal *musst* du ja das Brücklein und den Aufstieg in Mein Reich der Tausend Wohlgefälligkeiten finden, die dir von Mir bereitet sind, nach der Parole: Mein ist dein und deine Taten sind für Mich der strahlende Beweis, dass sich das Gutsein lohnt und eine Herde bildet von verständigen und liebevollen Geistesabenteurern, die nur Mich im Sinnen und in ihrer Sanftmut tragen.

Stelle dir des Himmels Wohlfahrt, Unbeschwertheit und Gelöstheit vor, derweil du in das Ruhesein der weisen Gottgefälligen versinkst in deinen Meditationen und erlabe dich am Sein, von dem du ausgesandt und sehnlich wieder heimerwartet wirst, im wohlbehüteten Obwalten der Äonen. Erwäge das Geheimnis, das da lautet: Gott der Gütige mit dir und Seine Geistesgegenwart dein Heil auf allen Wegen, Stegen und ereignisvollen Operationen. Ich sende dich - und wende dich zu Mir im guten Glauben, dass die Einsicht in dein Wesen dich in Meine lichten Gründe führt und in die Seligkeit an sich, von der die gottgesegneten und liebevollen Geister wunderbarerweise zehren.


1.16
Kostbar und kregel sind die Offenbarungen, die Ich durch viele unbescholtne Leute ganz gemächlich zu den Meinen füge. Einmal war Ich selber leiblich, christlich da, um das Menschenvolk von Meinem Sein zu überzeugen, doch künftig müssen die an Mir und Meinem Gestus Interessierten schon im Geiste zu Mir kommen, um das Wiedersehn zu feiern, das sie doch so nötig haben. Meine Sohnschaft geht dir nimmermehr verloren, wenn du nur das Feingefühl entfaltest, ihre Wirklichkeit im ganzen Erdgefüge, also auch in dir, lebendig zu erfahren. Das ist dann des Wieder-in-der-Welt-Erscheinens königliche Episode, zeitlich für den Einzelnen nach seinem Reifegrad verschieden.

Musst du dich eben noch gedulden, so kannst du sicher sein, dass Ich die Gotterkenntnis in dir liebevoll befördere, um dich schliesslich haushoch über deinen Status quo hinauszuheben. So gewährst du dir unendlich viel, indem du schlicht und einfach Mich gewähren lässest, in der innigen Vertrautheit, die Ich deinem Sein im wunderbaren Einklang mit dem Meinen noch so gern entbiete. Gestaffelt sind die Schritte, Tritte und Erhabenheiten, doch sie führen allesamt zum selben Ziel: dem Sein in Meiner Würde und Gelöstheit, wie der überirdischen Bewusstheit von der Glorie des Allerhöchsten, die dich dereinst im Glück der Ewigkeit aufs Lieblichste beseelt.


1.17
Mit dem zu spielen, was du Bist, ist immer mit bewundernswerten Überraschungen verbunden, die dein Herz zutiefst beglücken und befrieden. Auf das profane Denken lässest du dich nicht mehr ein, dafür gelingt es dir das Geistgesegnete und ewig Gültige in deinem Herzblut zu empfangen. Es ist das Wissen um die höchsten Dinge im Allhier, um den Bezug der menschlichen Natürlichkeit zum kosmischen Gefüge, sowie der Sinn für das Unendliche, die dich im Innersten bewegen.

Getreu dem Wort „Ich Bin" gehst du aus der Betrachtung deiner selbst als Neugeborener hervor in eine Welt der himmlischen Gerechtigkeit, der Unbekümmertheit, sowie des seelevollen Liebens. Das bedeutet für dich gottgesegnetes Agieren, unendlich weises Aneinanderfügen der Gedanken, die dich liebelicht umschweben, wie das Gefühl des Freiseins von jedwelchen Widrigkeiten. „Bewahre mich vor Unrecht", wirst du nimmer beten müssen, weil das Rechte dir von Meiner Seite, aus der

Gottesfülle, ständig zufällt, um dein Wesen zur Vollendung und zur strahlenden Gefälligkeit Elysiens zu führen. Merk auf und sage dir: das will ich auch erreichen, denn die Erdenzeiten gaukeln mir Bedrängnis vor und mannigfaltiges Versagen. Das Himmlische jedoch bereitet Meinem Sein Wahrhaftigkeit, Genügsamkeit und tiefgefassten Herzensfrieden, die Mich ins Bewusstsein der Gottseligkeit versetzen. Nichts kommt diesem gleich und künftig solltest du dich voll Elan darauf verwenden, nur noch Mich im Sinne zu behalten, um dich darnach von Meiner Höh herab den Weltendingen zuzuwenden. Das nenne Ich Erhabenheit und Treue zu dir selbst, Erfüllung deines Menschenseins und Lob des Herrn für alle seine wunderbaren Himmelsgaben.


1.18
Sleep well und lasse dich in deiner Seelenruh von niemand stören, könnte eine Sonntagspredigt für dich sein, wenn nicht der Ernst der Lage es erforderte, dich aufzurütteln aus dem ungerechten Schlaf. Deine Meinung von dir selbst ist eben wie im Traum befangen, dein Bewusstsein trübe und die Flügel deines Gottesrechts beschnitten, wie des Adlers Schwingen, um ihn gefügig und devot im Zoo zu halten.
   Jetzo ist die Zeit gekommen, wo du dich auf deine Würde, deine Geisteskräfte und dein Soll besinnen musst, um dich fähig und gewandt zu machen für den grandiosen Flug ins Ungewisse und Prophetische von Meiner Qualität und Meinem fulminanten Überragen. Du setzest dort den Hebel an, wo Dellen auszubessern sind und Offenheit vonnöten ist, Mir und dem Geistreich gegenüber, das dich mit wunderbar gesättigtem und seelenvollen Seins-

gefühl beehren will. Was edel ist, vortrefflich und erfinderisch in *Meinem* Sinne eignest du dir an und überzeugst dich und die Welt von Meiner Güte, Himmelsgrazie und Potenz, die wunderbarerweis in dich gefahren sind zum Aufschwung und zur Klarsicht deines Wesens. Du erkennst den Stellenwert, den du im Ganzen Meiner kosmischen Gebärde darstellst und fühlst dich wohl und hochbedeutend, tragfähig und salut in ihr. So Bist du, was Ich von dir wollte und trägst das Siegel der Vollendung im bekehrten Haupt und Herz, Mir mit Begeisterung, Glückseligkeit, Erhabenheit und reiner, warmer Liebe zugetan.


1.19
Koloratur zu singen ist den Stimmen vorbehalten, die mit unwahrscheinlicher Beweglichkeit und Präzision hinauf, hinunter, von den schrillsten Tönen zu den tiefsten springen, in der Opernwelt Brillieren. Was gekonnt ist, scheint auch völlig mühelos und tatenfreudig zu gelingen. Es geht die Sage, dass die seelenvolle Virtuosität von solchen Stimmen himmlischer Natur sei und damit das Unten mit dem Oberen bewundernswerterweis verbinde, zauberhaft und strahlend schön. Eigentlich ist alles, was dich so berührt, ein Phänomen von geistigem Gehalt und übersinnlicher Allüre. Wahre Tüchtigkeit ist denn auch eine Sache Meiner Provenienz und Güte, die von Mir das Irdische umfliesst und es mit dem Nimbus der Gottseligkeit begabt in vollen runden Zügen.

In der Kunst kommt dir der Himmel nah und beseligt die weltoffenen Gemüter immer wieder an den Stätten, die dem Volk Erhabenheit und Wohlgefälligkeit vermitteln. Das bewirkt, dass Harmonie und Friede herrschen in den Seelen der Beglückten, worauf die Lebensliebe aufblüht und verwirklicht wird in ihnen. Kennst du den Spruch: Ich liebe dich, so wie du Mich? Er kann sich ja auf vieles, was da *ist,* beziehen, doch in diesem Falle schwingt das Seelische der Welt sich hoch hinauf ins Götterparadies und verehrt den Strahlenden, der in den Sternen seinen wonnevollen Wohnsitz zelebriert. Ich schaue zu Ihm hin und verbinde Mich im wachen Geiste mit der Allnatur, die Mich mit ihrem Glanz und ihrer Würde, ihrem Wohlverstand und ihrer Seinsnatürlichkeit umwebt, im Zeichen der Geselligkeit, die sie sich liebenswerter Weise ausbedungen.

So atmet alles Einheit und Geschwisterschaft, was sich durch Mich bewegt und was den Zauber fühlt, den die Allherrlichkeit gedankenvoll um sich verbreitet. Makellos ist, was Ich in Mir trage und ohne Fehl sollst du Mir werden, damit daraus vollendete Vereinigung ersteht. Wo sie sich bildet, ist nichts weiter mehr zu sagen, denn die Stimmung steht auf seliger Stille und holdseligem Behagen. Du in Mir und Ich in dir ist alles, was wir liebevoll erfühlen; Aufschwung ins Unendliche und Unerschöpfliche ist unser heiliges und heiteres, ereignisvolles und bewundernswertes Ziel.


1.20
Viktorianisch sind die Zeiten alleweil, die du durcheilst in deinem An-Dir-Wüten oder Dich-Vergüten. Das Motiv für deine fulminanten Taten findet sich in der Verstiegenheit zur Macht wie im Verströmen reiner Herzensgüte, die dich ebenso beseelen kann in deiner all so menschlichen Allüre. Was dir not tut, ist die Einsicht, dass dein blanker Eigenwille vieles, was da *ist,* zerstört, um sich gemeinhin durchzusetzen in der vehementen Tagesration.

Verständnis aber zähmt und weist den Willen in *die* Schranken, die ihm zustehn in der Vielgestaltigkeit und Würde seines täglichen Agierens.

Wo aber Würde aufbricht, kommt sie alleweil von Mir und offenbart sich in der Tugend, die Verbindung schafft von Du zu Du und deren Zeichen Herzensliebe ist in sanft gesetztem, seelenvollen Sich-Verströmen. Das erfordert Weitsicht in der geistigen Regie, sowie die Generosität, der sich das Göttliche bedient, um eine Welt in wohlgefälligem Gang zu halten. Immer kommt es darauf an, dass noch die Wiege aller Dinge wahrgenommen und gewürdigt wird, in allen Situationen, die das Leben ständig generiert. Es ist Mein Sein, an dem sich allzuviele noch den Kopf zerschlagen, weil sie Meine geistige Potenz und Patenschaft nicht sehen wollen.

Bist du dir bewusst, dass Ich in dir von A bis Z das Zepter schwinge, wirst du als ein neuer Mensch aus deiner Wirrsal auferstehn und förmlich Mich am Steuer deiner Angelegenheiten sich entfalten lassen. Das läutet dann die grosse Wende ein in deinem Weltbezug und generiert Gottseligkeit in deinem Dich-Empfinden. Deinem Hiersein ist damit All-Wirklichkeit verliehen.

## 1.21

Dein Alter ist, aus Meiner Sicht beschrieben, ellenlang, das heisst, es erstreckt sich fugenlos über viele, viele Erdenleben. Wenn du kommst, so bist du schon gewesen, wenn du gehst, dann wirst du wieder sein mit einer Nonchalance, Beständigkeit, Gottseligkeit und Lebensliebe ohnegleichen. Das macht, dass du in deinen jetzigen Erdentagen mit allem, was du unternimmst, das nächste Leben vorbereitest und darein dein Schicksal programmierst. Was muss daraus gefolgert werden: Du erlebst im Jetzt das Schicksal, das du dir im vorigen Leben zugeeignet hast mit allen Konsequenzen, die daraus für dich erwachsen sind. Deine Pflicht ist es, das Negative, das noch an dir hängt, ins Positive um-zuwandeln, um damit die Evolution der Welt voranzutreiben. So streben alle Wesen und Gewalten der Vollendung zu in der Geschichte ihres Seins, wie in der Meinen, die alles was da *ist,* aufs Innigste und Trefflichste bewegt.


1.22
Im Frühtau zu Berge wallen die beschwingten Wanderer, die Bewegungslust zu pflegen. Wer von ihnen schaut sich dabei selber zu? Ich allein, der sie begleitet auf den Höhengängen und sie sicher führt ins lang ersehnte Ziel. Es ist fürwahr ein seltsam Unterfangen, wenn sich einer auf den Weg begibt und ohne noch zu wissen, dass Ich bei ihm Bin, um seinem Wesen Weltenkräfte, Harmonie und Seinsgewissheit zuzutragen.

Unaufhörlich stelle Ich dir nach, um das Bewusstsein von dir selbst zur Blüte und glückseligen Vollendung zu rangieren. Von der Fülle der Allgöttlichkeit soll es berührt und ausgezeichnet werden. Das ist Meine Sendung, wie die Deine, und vereinigt unser beider Wesen zu dem einen, gloriosen, in demselben Wert und Stil. Meines Wissens hocherhabene Beschaulichkeit soll mählich, redlich und gewiss die deine werden, wenn du nur willst in Meinen Geistesregionen dich bewegen. Sie spricht dich an mit gottesfreundlicher Gebärde und bewegt dein Herz im Zuge Meiner Sternbewegtheit zu bedeutenderen Schlägen. Immer ist es Mein Bestreben, deines Wesens Qualitäten und Besonderheiten zu veredeln und dich unablässig und gewiss zu Meinem Standard, Sanktuarium und Universenreich emporzuheben.

Willst du Mich loben, so tu es aus der Mitte deines Herzens, weil du spürst, wie sehr Ich dich befördere und dir zuinnerst wohl will auf der Liebe Rosenspur. Sei nun still und lass dich von der Fülle Meines Seins durchströmen, das dich ehrt und mehrt und dir den Himmel öffnet des glückseligen und wunderbar gelösten In-dir-Weilens.

# 2

# Harmonie und Seinsgewissheit

2.1
Was kommt in Frage, wenn du nach Mir frägst, in deinen fetten oder faiblen Daseins-Jahren? Bist du dir bewusst, dass Meine Hoheit wie ein lichter Bogenstrich hinter allem waltet, was du dir so zurechtlegst. Es besteht ein wunderbar geselliger Vertrauenswechsel zwischen dir und Mir, der in die fernsten Zeiten reicht, vor und zurück, von dem man nur das Allerbeste sagen kann.

Gehst du spazieren, flaniere durch Mein Reich der unbegrenzten Möglichkeiten dich am Hauptwerk zu beteiligen, dem ich von Meiner Seite tätigen Sukkurs und unbeschränkte Unterstützung garantiere. Da wirst du dich wie einer fühlen, der auf Heimatboden operiert und ohne jede Scheu gerade das verwirklicht, was ihm noch am allerbesten liegt. Du brauchst nur auf Meine grüne, kühne Seite einzuschwenken, um alsobald zu spüren, dass du richtig liegst und dass das Wirken deiner Hände und Gedanken Früchte zeitigt von unendlicher Natur, wie von der Wohlbekömmlichkeit der Geistessphären.

Das wird dir dann zum Alphabet der Gottesgüte, die dich inniglich bewegt und deren Klang dich hüpfen lässt vor Wonne und Vergnügen. Du Bist grandios, von Meinem Heil umsponnen, der geisterfüllte Grazian der guten Hoffnung auf gottseligen Erfolg in deinen Wundern - und verdrehst die Augen vor Begeisterung vor dem, was du geschaffen in der Obhut Meiner Huld, von der die Sterne sich ein götterlichtes Freudenlied erzählen.


2.2
Beschaulichkeit gehört noch lange nicht ins Reich der Märchen, weil gerade sie dir Kunde gibt von

dem was *ist* und was die edlen Himmelsgeister treiben.

Weiten, Weiten überall, wo Ich Mich sinnenfroh empfinde. Auf Mich selbst gestellt bewahre Ich, was Ich Mir Bin, nach wunderbar beständigen Gesetzen, wie nach der Alleinigkeit, in der Ich Mich galant umfasse und Mich der Wonne wahren Freiseins überlasse, die Mein Menschensein aufs Freundlichste beseelt.

Keine Rede mehr von Zeit, sie ist erloschen; raumlos Bin Ich und gestaltlos, sinnend und gewinnend, da - und lasse Mich von Meinem Sein aufs Innigste verwöhnen. Alles Bin Ich Mir in der getragenen Erhabenheit der Göttersphären; minuziös verzeichne Ich noch jede leiseste der Regungen, die Mich im Geistraum Meiner Friedefertigkeit beseelen. Beginn und Ende jeder Aktion in Meinem Mich-Begründen sind geschickt und schicklich eines mit dem anderen aufs Innigste verbunden. Nie nimmer lass Ich etwas fahren, was in Meiner Fülle Mir vertraut und wesensgleich geworden; dieselbe Gunst wirst du vom Sein an sich genauso sicher auch erfahren. Leggerezza, Heiterkeit und Harmonie sind die Bezüge, denen Ich Mich weihe; Auferstehen ohne jede Floskel unser aller weihevolles Ziel.

2.3

Wer hat noch nie klein beigegeben in der Geschichte seines Seins, die ihm gestattet seine Werte auszuspielen, um damit den Selbst-Wert bis ins Sagenhafte und Unendliche zu treiben? Ich natürlich, dem kein noch so genialer Taschenspieler und Gelehrter, Wirtschaftskapitän und Gaukler nur um Haaresbreite näher kommt, um Mir das Wasser abzugraben. So geschieht es, dass Mich Myriaden Forderungen und Bezüge, Hoffnungen und sehnsuchtsvolle Herzen forsch und sammetweich umspielen und Mich dazu animieren, grosszügig, gütig und galant zu sein im Spenden Meiner ungezählten Wundergaben. Doch so sehr Ich Mich an Meine Welt vergebe, werden Meine Speicher nimmer leer und all ihr göttlicher und so bedeutungsvoller Inhalt und Salut befinden sich in einer wundervollen Schwebe. So spendet und empfängt, was Ich Mir Bin durch die Äonen Lebenkraft und Seligkeit und hört nicht auf, am Weltgebäude seine Pläne zu verwirklichen und seiner Andacht vor sich selber Zug und Fluss, Besonnenheit und Wohlfahrt zu erweisen.


2.4
Allvermögend und gestärkt geh Ich aus der Verwandlung in das Sein hervor, dem Ich seit eh und je geweiht bin, offenbar. Ich trage und ertrage Lasten, unter denen jeder Mindere zusammenbrechen müsste; Ich erfahre Mich als die Gebärde reinen Schaffens, deren Schmelz unübertroffen ist landauf, landab im Siegeszug, an dessen Spitze Ich mit Wagemut und Wohlgefälligkeit, gewappnet und fidel einhergeh, ohne jegliches Bedenken.
　Das ist, weil Mir die Fülle aller Segnungen und Variationen der gesamten Seinsgeschichte zur Verfügung steht, aus deren Fabulousum Ich voll Verve und Tatenfreudigkeit brandneue Werte und Erhabenheiten stilisiere. Das klingt Mir, ebenso wie dir, gar lieblich in die Seelenohren und vermittelt dir ein Freudesein von wunderbar berückenden Aromen. Da gilt es, unverzüglich aufzunehmen, was dir so geschieht und dich am Augenblick der süssen Intuition herzinnig zu erlaben. Dich überstreift der Wind der Hoffnung auf noch mehr, derweil du selig

innehältst im Denken und den Weiheakt geschehen lässest, der sich meisterlich in dir vollzieht.

Liebevolle Gottesgaben sind es, die dich so und so und alleweil beglücken, weil sie unerschöpflich sind und scheinen. Du vermissest nichts im wonnevollen Melos, dem du dich vollends ergeben und betrachtest deine Situation als seinsvollendet und aufs Äusserste gediegen. Kannst du ermessen, was es für die Welt bedeutet, so solvent, salut, erfinderisch, vielschichtig und galant zu sein, um sich voll Grazie und Eleganz, erwies'ner Zartheit und Beständigkeit an ihre Fülle zu verströmen? Ich liebe, was Ich Mir erlesen und begleite aufs Entschiedenste, was Meine Elementenkraft und Mein ereignisvoller Sinn kreieren. Bedürfnis nach Bedürfnis lass ich fahren, derweil Mir frei heraus und lebenstüchtig alles zukommt, wessen Ich bedarf im Reigen Meiner Zuversichtlichkeiten.

Richte du dein Augenmerk auf was Ich Bin und trage dich geschwind ins Buch der Seinsgeförderten und Gottgeliebten ein, um von der Güte des Allherrlichen voll Inbrunst und Gelassenheit zu zehren. Es sei wie *Ich* es will und sei geschniegelt und dem Lobgesang der so Bedachten leichterdings anheimgegeben. Schätze, was du Bist und überbiete alle, die dich rings umstehn, im königlichen Danken.

2.5
Warten kann noch jeder auf der Höhe seiner göttlichen Verfügbarkeit oder im pauschal bewerteten Gelände einfacher Strukturen, denen Ich nicht allzuviel Beachtung zugestehe. Warten heisst nicht, tatenlos die Zeit verstreichen lassen bis von selbst etwas geschieht, was das Herz befriedigt oder Unmut zeitigt ob dem Peinlichen, das sich dem Sand der Zeit verspieh. Warten in der Pose eines

Seinsgewaltigen hingegen ist ein Glanzstück der Natürlichkeit, das Göttern und Propheten eigen. Was fällt dir ein, wenn du dem Warten einen noblen Anstrich von der Art der Sinngedichte und der Liebenswürdigkeit der himmlischen Ereignisse verleihen willst? Deinem Schweigen setze Ich die Anmut der Idee hinzu, dass das Zeit-verstreichen-Lassen dazu dienen kann, von Mir persönlich als von einem Götterhauche inspiriert und innig angerührt zu werden. Das gibt dann die Gewähr für das Vorhandensein der höheren Welten, denen Ich Gevatter und Gefährte, Geistvollender und Verwalter Bin, in wunderbar beglückenden und anspruchsvollen Zügen. Erfassest du den Nimbus Meiner schöpferischen Qualitäten als in dich gegossen und in dir aufs Tunlichste bewegt, so willst du's nimmer anders haben. Du würdigst, was Ich in dir Bin und bist aufs Trefflichste bedient mit dem, womit Ich dich berate. Es sind die Weisheit und der Wohlverstand an sich, die deinen Flausen leichterdings den Laufpass geben, um sich in dir als Herren der Gerechtigkeit und Liebenswürdigkeit lebendig zu erhalten. Du gehst wie neu geboren aus dem Wechsel der Geselligkeit hervor, die dir geschieht, indem Ich Mein Vermächtnis mit dir tausche und dir Meine Macht und Fülle, Mein Gedankengut sowie das Melos Meiner Zärtlichkeit verehre. Weide dich an diesen Wundergaben, sag Ich dir, und *sei,* von Mir gesegnet und gestrafft, ein Herold der Gottseligkeit und Güte, des Erbarmens mit der Kreatur, wie der Einigkeit mit allen Wesen, die da *sind* und sich im ellenlangen Weilen sinnvoll und salut, berechtigt, graziös und liebevoll die Zeit vertreiben.

## 2.6
Unerkannt und ungeboren wese Ich in Meiner Eigenwilligkeit dahin und trachte unablässig nach dem Wahren, Guten und Bekömmlichen in Meiner Daseins-Strategie. So kommt es, dass Ich Mich zuzeiten auch versteige, vornehmlich im Vertrauen, das Ich in die Meinen hege. Sie missbrauchen es nach Strich und Faden und sind sich dabei kaum bewusst, wie sehr sie damit ihren Eigenwert und Nutzen untergraben.

Recht und Gut ist, was die feingefühlte Seele so empfindet und damit das Unerlaubte überwindet in des Lebens seinssubtilem Schoss. Was Ich dabei noch garantiere ist die Sinnkraft und der heilige Frieden, die Ich den Getreuen Meiner Sittsamkeit und Gottesebenbildlichkeit verleihe. Wahrlich *Bist* du alleweil in Mir, wenn du das Einmaleins des liebevollen Seinsbetrachtens, wie der Überwindung deiner selbst, beherrschest und aufs Innigste belebst. Meines Willens Duktus soll der Deine werden, Mein Agieren deins, mit dem wir den erhabnen Weltenraum aufs Köstlichste verzieren.

## 2.7
Im Umgang mit den Vielen ist Mir nur eins bekannt, dass Ich sie alle glühend liebe. Sie kommen Mir als Meine eigene Identität und Grossmacht, Virtuosität und – Kleinlichkeit entgegen, als zum Glück, zur Wohlfahrt und zum tief empfund'nen Schmerz in Meiner eigenen Natur. Du Bist einer, dem Ich jetzt voll in die Augen schaue und ihn als Mein Selbst erkenne im Scintillieren der Pupillen, in der wachen Seelenhaftigkeit, wie in den vielen Fragen, die sein Antlitz Mir entgegenstellt, so innig, so final. Was hab Ich nur an dir verbrochen, dass du nicht zu Ende kommen magst mit dem, was du dir Bist und, ewig

suchend, dich nicht findest, weder in der kosmisch vor dir ausgebreiteten Natur, noch in dir selber? Da spreche Ich die Segensworte in dein Haupt: Erkenne dich im Universensein und schaue Mich in deinem Wesen als das Deine - und du bist erlöst von der profunden Illusion, die dir die Sicht auf was du Bist verbarg und dich zum Spielball erdgebundener Gedanken degradierte. In Wahrheit Bist du Meines Gotteswesens Konterfei und kapitale Maienlust im Grünen Meines Geistesgartens, den Ich für dich angelegt und von dem Ich dich im Zorn vertrieben habe. Nun steht er dir zum Eintritt wieder offen und wartet darauf, dass du ihn beschreitest voller Einsicht und Vertrauen, Sehnsucht und verehrungswürdiger Bewusstheit Meiner Provenienz und Zartheit, Gottesebenbildlichkeit und – signatur. Das verführerische Schlangenwort im Paradies: „Ihr werdet sein wie Gott", ist damals dir zur Sünde und zum Unheil über Generationen hin geworden. Nun hab Ich dir im Christuswesen und im Zuge seiner Heldentat Mein Ich geschenkt, das dir erlaubt „Ich Bin" zu dir zu sagen. Sein vom Sein Bist du, gestorben und erlöst und auferstanden in dem Christus, der dein Sein bewohnt und dir die Gott-Natur vermittelt, die dich erst zum wahren Menschen macht als Wesen der allherrlichen Natur. Geist vom Geiste bist du dir geworden, dich erfühlend im Allüberall der lichtgebornen Welten.

Eine klare Diktion von Angesicht zu Angesicht kann dir nicht schaden, o Mensch, in Meiner Mission als Geisteslehrer und Verkünder einer Wahrheit, die besticht und die dir Heilung bringt und Neubeginn, Erkenntnis deiner selbst und damit seinsbeglückendes und makelloses Wohlgeraten.

2.8
Christusliebe, Christusleben, welch verheissungsvolle Tat. Es winden sich die Zeiten zu der Einen, unvergleichlichen hinan, wo sich im Weltgeschehn ein Neubeginn ereignen soll von kosmischen Bedeuten. Im Götterrat beschlossen, aus sonnenlichten Sphären liebevoll hervorgegangen ist das Wesen wahrer Menschlichkeit, um durch sein Vorbild, seine Grosstat und sein Leiden die bedeutungsvollste Wende auf dem Schauplatz Erde zielbewusst herbeizuführen. Es inkarniert der Christusgeist zur Weihnacht in den mutterleiblichen Planeten und verleiht ihm so die Kraft, vom Niedergang zum triumphalen Auferstehn zu schreiten, zu des wahren Seins elysischen und götterlichten Regionen.

Was Ich hier umschreibend offenbare, ist ein Werde-zyklus unerhörter Art im Universenleben, der sich in Meines Seins Äonenläuften wunderbarerweis vollzieht, um alles ausgesandte Denken und Empfinden willentlich und wohlbegründet wieder zu Mir heimzuholen.

"Es gibt nichts ausser Mir", sollst du erkennen und beim Namen nennen, um es deiner virtuosen Seinsgeschichte freudestrahlend beizufügen. Sein ist Sein und bleibt sich selber immerzu aufs Köstlichste erhalten. Was du *Bist* ist unerhört und unbeschreiblich, haargenau und majestätisch Meine Attitüde der Gottseligkeit, in der Ich, komme was da will, in unvergleichlicher Grandezza und Gelassenheit, Erhabenheit und Wachheit ewig wese. Komm zu dir und komm zu Mir im selben grandiosen Zuge und verherrliche, was du dir Bist, in Meiner Grazie des gnadenströmenden Zusammenfügens. Was du Bist, Bist du in Mir und was dein Sein verklärt, Bin Ich im Morgendämmer weltumspannenden Erkennens, wie in der Sommermittagsruhe, die Ich liebevoll verbreite im holdseligen Allhier.


2.9
Wo weiland euer Heiland fürbass ging, blühen Zedern am verträumten Flusse und die Bienen summen nach dem Honig, scharenweis und wunderbar. Er aber träumte nicht, denn seine Mission verlangte Klarheit der Gedanken und ein offnes Herz, an dem die Leute sich erlaben und erfreuen konnten. Derweil er ging mit einer Gruppe auserwählter Jünger, vom Leben sprechend und vom Vater, der Ich Bin, erlebten die Bewohner Galiläas, was es heisst, ein Wunderbares wesenhaft vor sich zu sehn. Aus einem schlichten Menschen sprach sie unvermittelt und beseligend das makellose Göttliche an, das ihre Seelen schon seit eh und je aufs Innigste ersehnten. Die reine Wahrheit floss wie Honigtau von seinen Lippen und offenbarte ihnen eine Welt von Güte und Vertrauen, Offenherzigkeit und liebevollem Miteinandergehn.
  Was für das Volk goldrichtig war, missfiel den Herrschenden, weil sie sich in der Macht beschnitten sahen, die ihr Ein und Alles war seit Generationen. Ihr verschloss'nes Herz war nicht im Stande, in dem Erdenpilger Gottes Gnadenlicht zu schauen. Tod dem Ketzer schrieen sie und merkten nicht, dass man Unsterbliches beileibe nicht vernichten kann.
  Bis ins Heute ist es so geblieben, dass ein Göttliches sich niemals um den Prunk, den Orgueuil und die Macht der menschlichen Gemüter scheren muss, in seiner Schöpferdominanz und seinen überwältigenden Meistergraden. "Ich Bin" ist Mein berühmtes Markenzeichen und *du* bist ohne Mich ein Nichts, ein Stäubchen der Vergänglichkeit in

hunderttausend Nöten. Die glitzernden Moneten machen dir den Mammon schmackhaft und heizen deine Machtgefühle an, mit denen du dich zum Verräter machst an Meinen Idealen.

Weltenliebe, Göttergrossmut und holdseliges Verlangen kann auch *die* umfangen, deren Zeichen noch auf Selbstsucht, Isolation, Unmündigkeit und Repressalien stehn. Un-Glück kann nicht ruhig leben, bis es Mich, das Heil der Welt und ihre Heiligung gefunden hat in wunderbar beseligenden Zügen. Mach dich auf, Geliebter und Geliebte dienes Herrn und lerne, Meinem Sonnenantlitz stand zu halten und schlussends in seinem Liebestrahlen zu vergehn. Immer bist du Mein gewesen, unaufhörlich hab Ich dich mit dem begabt, was dich zum Guten führt in deinen Erdentagen. Komm und nimm und sei gerecht vor Gott und vor dir selber und empfange Meines Gegenwärtigseins Salut zutiefst in deinem Herzen, dass es warm und selig werde unter Mir und mit Mir in der Stunde des Gewahrens deiner Menschengöttlichkeit und Einheit mit dem Absoluten, das Ich Bin und in dir bleibe für glückseligmachende Unendlichkeiten.


2.10
Tonangebend in den Wellen und den Wolken, magistral und majestätisch reguliere Ich in allen Reichen und Entfaltungen den Fluss des Lebens durch den sagenhaften Einfluss, den Ich allem seit Jahrtausenden gewähre.

Der Mensch erstand und mit ihm, durch des Freiseins Attitüde, auch die Möglichkeit, sich gegen Meinen Willen aufzulehnen in der unerlaubten Tat. Die Tat geschah und damit ging die Makellosigkeit verloren, die nötig ist um Menschliches mit Göttlichem und Irdisches mit Geistigem vollkommen zu vermählen. Nur einem Gott war es gegeben, Versöhnung einzuleiten auf dem schattenhaft gewordnen Erdenplan. Der Sonnenkönig kam und mit ihm lichtete sich auf, was vordem düster war und jene, die sich nach der Reinheit sehnten, wurden heil und durften Gottes Antlitz in den eignen Tiefen aufs Beglückenste erschauen. Das ist bis heute so geblieben, dass die Reinheit - der Gottseligkeit und Geistesliebe Vorschub leistet und den Würdigen die Tore öffnet zum Elysium, dem Sein im Sein, in welchem makellose Güte herrscht, Vertrauen, zarte Liebeswonne und Ureinigkeit in der Unendlichkeit der Himmelssphären.


2.11
Weiter, immer weiter geht die Suche nach dem Ich, das dir verloren scheint in deiner Gründlichkeit und tragischen Abstraktion. Du sinnst und sinnst und lässest die fibrierenden Gedanken von einem Gegenstand zum andern flitzen, pausenlos, um deiner illusorischen Verspieltheit nachzujagen. Du fassest viele Lebensdinge an und trachtest danach, ihren Sinn und Seidenglanz zuinnerst zu begreifen. Ich aber habe kein Bedürfnis, allem hinterher zu laufen, eben deshalb, weil Ich alles Bin und Mir aus allerinnigstem Bezug mit Rat und Tat zur Seite stehe. Was braucht es mehr als diese alles überragende Regie, um auch dich auf festgefügten, sichern Bahnen höhwärts in die Geistes-Gegenwart zu führen? Es ist ja nur ein Wort und dennoch wohnt ihm eine Kraft und Würde inne von unendlichem Bedeuten. „Ich Bin" kann nur ein Gottbewusstes zu sich sagen, wenn dem Ausdruck volles Recht und reine Wahrheit zugestanden werden soll. Also traue und vertraue dich dahin, wo sich die Seinsverklärten und Erhabenen ein Stelldichein und Tète à Tète

gewähren. Dort herrschen Freuden von elysischer Gelassenheit und Wohlgestimmtheit, denen das unendliche Gefühl der Freiheit auf dem Fusse folgt. Es läuten dir gewaltig aufgeworfne Glocken den ersehnten Herzensfrieden ein und lassen dich nach dem Ins-Ewige-Verklingen in die reinste Himmelsharmonie entgleiten. Komm und sichte, was dir hier bereitet ist und lass dich frohgemut und freudestrahlend in den Gottesgärten nieder.


2.12
Wer darf die Lämmer Gottes weiden, wenn nicht Ich, der Seinsgesandte von der ersten Region. Wider Mich zu löken ist nicht ihre Absicht, aber, wenn Ich komme, blöken sie Mir ihren freudigen Willkommensgruss entgegen. Das ist, weil sie Mich innig lieben als den guten Hirten ihrer wohlgemuten Schar.
 Bist du willig und bescheiden, wohlverständig und loyal Mir gegenüber, kann Ich dich insomma sachgerecht ins Sein erlösen. Noch sind an deinem Bilde viele Kanten abzurunden, doch das Wesentliche ist geschafft, um dich als Vorbild und Versierter, Tatkräftiger und Überlegter vor die Welt zu stellen. Deine Sendung gleicht der Meinen wie ein Ei dem anderen und besteht darin, die Leute wachzurütteln und ihr dann die Kunst der Fuge der Gemüter beizubringen zwischen oben, unten, rechts und links in wundervoller Aktion. Niemals soll das Liegen auf der faulen Haut obsiegen, weil sich dem Fluss der Zeit viel Neues zugesellen muss, damit er nicht versickert und versiegt. Du bist sein Wasserträger, seine Wasserträgerin und füllst ihn bis zum grünen Rande, wo die Seinsbewunderer und Advokaten reiner Schönheit weilen.

"Was mach ich wenn mein Ich im Meer des allgemeinen Seins und Sinnens zu verschwinden droht", wirst du dich ernstlich fragen? Nichts Grösseres und Wunderbareres verbleibt dir da, als Mich voll Freude und Begeisterung als *Es* mit allen seinen Attributen zu empfinden. Das ist dann die Vereinigung der höchsten Güter *dieser* Welt wie jener mit dem Einen, überwältigenden Klang und Spiel des Absoluten, das Ich Bin und dem die Welten, Wirkungen und Amourösen allerorten angehören. Bist du, kann dir kein Unheil mehr geschehn, du fühlst dich akkurat in Mir aufs Trefflichste geborgen und erfüllst damit den Sinn des Daseins im Empfinden wahrer Harmonie und makellosen Friedens.


2.13
Wohlgelungenes in Meinem Repertoire lass ich aus ökonomischem Begründen nimmer fahren. Vielem Bin Ich so voll Seele zugetan, dass Ich Mir wünsche, auch von Ihm geliebt und als der Vater aller Dinge anerkannt und estimiert zu werden. Das ist nun im Besonderen bei dir der Fall, Mein vielgeliebtes Menschen-Ideal, von dem Ich Mich trotz allen Widersprüchlichkeiten, die du in dir trägst, nicht trennen mag. Das zu wissen motiviere dich, Mein höchstpersönliches Idol der Liebenswürdigkeit und Seelenstärke, Unversehrtheit und geradem Sinn, akkurat Mir selbst und Meiner strahlenden Unendlichkeit entgegen. Auf dich denn kommt es ganz besonders an, ob das Gelungene auch weiterhin gelingt und ob Mein Bild von dir auch in der Zukunft bildend wirkt in deiner Hemisphäre der Betrübnis und Holdseligkeit in einem.
  Wenn du im Zeitlichen versagst, versuche Ich dein Augenmerk auf Mich zu richten, damit Ich ihm in

wohlbegründeter Manier bewundernswerte Stärkung schicken kann im Geistessinne, um dich aufzurichten und dein Dortsein mit dem Siegel reiner Gottesfreundschaft zu versehn. Ich schwimme nicht in Tränen und bin dennoch von den deinen tief berührt, indem Ich sie zu Meinen mache im Erleben deiner hoch prekären Situation. Damit aber ist es Mir gegeben, weisheitsvoll und gütig vor dich hinzutreten, um im Zuge Meiner Zuversicht das Lastende von dir zu nehmen und in deinem sehnenden Gemüte das Vertrauen wieder aufzurichten in das unendlich Zärtliche und Liebevolle, das dir Meinerseits ohn' Unterlass geschieht. Ich werbe um dich und erwarte sehnlich, dass auch du dich unverhohlen gläubig und gewissenhaft um Mich bewirbst, damit die Harmonie der Welten auch in dir Triumphe feiern kann im Angesichte Meiner königlichen Gaben. Komm und erlabe dich dezent und wohlgemut an ihnen und danke deinem Gott für dass du Bist und ihn erkennst als deinen Retter, Fürsprech, Heiler und holdseliger Gespan.


## 2.14
Im Kaleidoskop der Seelenwerte ist die Liebe ganz besonders zart, verheissungsvoll und fein gewoben. Empfindungen von Lauterkeit und Süsse, seelenvoll und zärtlich sind ihr unerschöpflich Kapital, das will sich immerzu aufs Kräftigste vermehren. Ist es nun so weit, dass du auf ihren Pfaden selig wandelst, wird dein Herz zuvörderst mild und warm und wendig im Erfinden neuer Köstlichkeiten, die es nähren und verwöhnen sollen.

Tiefen Schmerz erfährt die Liebe, wenn sie sich nicht erfüllen lässt im trauten Nahsein und sich darob in Sehnsucht, Ungeduld und wilden Hoffnungen verzehrt. Wieviel Ahnungen, Verletzlichkeiten und Tribute an die gütige Gelassenheit sind da von ihr gefordert in dem Auf und Nieder, wie der steten Unruh, die sie offenbar beseelt, bis endlich Friede einzieht ins Gemüt und Wonne des Sich-in-Vollkommner-Einheit-Fühlens.

Einmal mag die Liebe makellos und lauter sein und sich im reinen Sich-Verschenken ganz verlieren. Dann schwingt die Seele in elysischer Holdseligkeit und muss sich nimmer nach der Süsse des sich körperlich Umfangens sehnen. Ihre Fülle findet sie im Sich-Verströmen an die Innigkeit des Gegenübers, wie an eine Welt beglückender Empfindungen, die sich mild und sachte im Unendlichen verlieren.

Nimm die Liebe so und gib ihr deine schönsten Kostbarkeiten, Werte und Beseligungen hin, die sich in deiner Herzlichkeit befinden. Trau dem, was sie dir aufträgt noch zu finden und ergib dich ihrer Grazie in vollen, runden Zügen. Sie verleiht dem Leben Lust und Stärke, Würze und Erhabenheit, wenn du sie recht verstehst und wenn dir bis ins Innerste daran gelegen ist, das Bild, das du von ihr kreierst, aufs Wunderbarste zu verschönen.


2.15
O du Mein köstlicher Gedanke, der Ich dich Bin und der du Mich Bist, wie Ich dich zärtlich liebe, deiner Regsamkeit, wie deiner Gotteswürde wegen. In deinem Wohllaut hab Ich Mich ins Sein erhoben, in deiner Wonne Mich als reines Wonnesein erfühlt, dem Glück Elysiens erlesen. Wer Mir nahe ist, erlebt das universenweite Liebesstrahlen, das Ich Bin und dem sich hinzugeben für die Seele Jubel, Pracht und Seligkeit bedeutet, hin und her und auf und nieder im liebkosenden Umfangen. Sage Mir, was willst du mehr, als diese Offenbarung reiner Urge-

seligkeit von Gottes Gnaden und Verheissungen, wie die Erfüllung deines Sehnens nach Geborgenheit und Frieden, Herzensharmonie und Liebe, wie sie die Erhabensten der Götter seelenruhig pflegen.

Wer denn als das Du an sich kann stillen, was Ich als Verlangen in Mir trage; wer anderer als du vermag an Meiner Seite selig, still und liebevoll zu ruhn und sich Mir vollends hinzugeben in der Traulichkeit inständigen Weltbegreifens? Ich stilisiere dich zu Meinem höchst verehrungswürdigen Idol, an dem Ich Meine Lust und Meine all so zarte Freude habe. Mein Ein und Alles bist du, bist Mein Lächeln ebenso wie Meine Träne, die Mir im höchsten Glücke, wie im allertiefsten Leid entrollt. Ich liebe dich im Schmerz wie in der Hoffnung auf noch mehr beseligende Zeiten; Ich umfange dich in Engelleichte wie in schweren Herzensstössen, die Mich dir aufs Innigste und Weltverlorenste vermählen. Komm an Mein Herz, geliebtes Wesen Meiner Huld und Schuld zu gleichen Teilen und verweile bei Mir lieb und sanft und zeitenlos. Es ist die Wonne am Vereinen, die uns lebelang durchs Dasein führt und die uns so viel Weltvergessen ins Gemüte träufelt, dass wir uns wahrhaftig und genügsam, hell und liebevoll im Himmel fühlen. Was uns eint, ist überirdisches Gewahren der All-Einigkeit, die uns zutiefst im Blute liegt und der wir wie im Liebeszauber zu gehorchen haben. Nicht Ich Bin es, es ist das Wir das zählt und das sich im Verschmelzen "Ich" nennt als ein einig unzertrennlich Wesen. Sage dir „Ich Bin" und du hast dich ins All gesprochen; rühre Mich im Geisteslichte an und Ich durchdringe dich voll Sanftmut, Zärtlichkeit und Glück mit Meines Wesens allerfüllender Gebärde. Nenne Mich „mein Heil" und du bist von Mir heilig und gesund geschrieben; du wirst bis zur letzten Faser deines Seins und Willens in bewundernswerter Trautheit Mir gehören. Mach es wie die Palme, beuge dich im Liebesdurst Mir zu und Ich will dich mit Meiner Huld und Gnade, Himmelsgrazie und Lichtheit bis ins Innerste verwöhnen. Meide Mich und sieh, Ich hol dich immer wieder heim in Meine Wesensgründe und begründe Mein Verhalten mit der Schau auf was Ich in dir Bin und was Ich von dir halte. Schau dich nach Mir um und eile, Meine Gegenwart in dir aufs Freudigste zu grüssen; rette dich in das Verlangen, Mich zu sein und damit aller Welt aufs Köstlichste zu dienen. Dem Erkennen folgt die Tat - und dem Gerechten Tun die Wiederkunft im Reich der Götter und der Seinsgelehrten, der Erhabenen vom guten Rat und der All-Liebenden von der Gemeinschaft aller Dinge und Gewalten, Fabelhaftigkeiten und Geschwister der Allherrlichkeit im Liebesstrahlen.


2.16
Tradition kann warten, wenn Ich komme und die Pforten zur Unendlichkeit mit Novitäten fülle von Erlesenheit und ausserordentlich gelungnem Stil. Wo Übergänge sind, herrscht reges Treiben, Fragen und Sich-Vergewissern, ob die Reise angenehm und sicher ist ans vielersehnte Ziel. Für Mich kann es nur *Eines* mit dem Attribut: beständig, wohlbekömmlich, liebenswert und unbestechlich geben: das *Ich Bin* der dreimal Hochgejubelte von allen Völkern, Rassen und bewundernswerten Nationen. Sieh zu, dass du Mich ob dem Wust von Ambitionen, die dich da- und dorthin schleifen, nicht verpassest, dessen Wahlspruch lautet: schnurgerade ist Mein Weg - und Meine Tugend ist ein löbliches Beharren auf der Weisheit, die Mir

innewohnt und auf dem Mut, mit dem Ich Meine Feinde allesamt besiege.

  Meine Rechnung ist dem Einmaleins bei weitem überlegen, denn sie besteht nur aus der *einen* Zahl und die ist bei Mir oben, unten und in allen Azimuten abzulesen. Gewahre sie mit deinem Seelenblick und du kannst hingehn wo du willst, Ich Bin's, der dich empfängt mit offenen Armen und mit einer Herzlichkeit, die ihresgleichen sucht in allen Daseinsregionen. Soviel du reisest, immer Bin Ich schon für dich und deine Wünsche da, und wenn du Mich gefunden hast, lass Ich dich nimmer weiterziehn. Es gibt ein Fest, ein Fest des vielverlornen Sohnes und der Tochter, die wie eh und je aufs Freundlichste willkommen sind an Meinem Hofe. Die Heimkunft des Bewusstseins Meiner Herrlichkeit und Liebe wird begangen von der Schar der Seinsverklärten, die ihr Wonnesein und ihr Erwarten, ihren Herzenstrost und ihr dezentes Heim in Mir gefunden haben. Finde Mich indem du dich am Ende deiner Welten von Mir suchen lässest und gehabe dich wie einer, der verloren ist und um die Rettung bettelt von des Himmels Höhn und von der strahlenden Unendlichkeit der Gottessphären.


2.17
Wem die Stunde schlägt der Einsicht in Mein Wesen, muss sich nicht verwundern, wenn er einen Schock von Seligkeit erleidet von unendlichem Bedeuten und von einer Wucht und Zartheit ohnegleichen. Die Erkenntnis absoluten Freiseins und Erhabenseins verleiht dir Flügel und gereicht dir existentiell zum Heil und zur Verherrlichung des Wesens, das du Bist, in Meinen Götterreichen.

  Wappne dich für diesen Gang in Meine Seelenabgrundstiefen und erschrecke nicht, wenn du dich in sie fallen siehst. In ihnen bist du bestens aufgehoben und fällst unversehrt in Mich als in den Flaum Elysiens, von dem es heisst, er sei beseligender als die Rosenwölkchenschar im neuerwachten Morgenstrahl. An dir liegt es, den Aufruf zu begreifen, der von Mir an dich ergeht, um deine Seele aufzumuntern, doch zu Mir zu stehn und voll Vertrauen Meinem Götterblicke standzuhalten. Ich hab dich auserwählt dazu, Mein Sein zu ehren und das Deine liebevoll dazu. Es laben dich die Brünnlein der Gewissheit von den Geistessphären, deren Meister Ich Mir Bin und deren höhwärts strebender Geselle du dir sein kannst, nach Belieben, wie nach der Inständigkeit, mit der du dich zum Herren über deine flatternden Gefühle stilisierst, in Meinem benedeiten Namen. In Mir wird auch das Kleinste gross und darf sich rühmen, einen Vater ohne jede Konkurrenz in sich erkannt zu haben. Melodien der Holdseligkeit umkreisen Mich und lassen dich den Wert der Seinsbeständigkeit und Lebensliebe inniglich erfahren. Halte Mir dein Herz voll Andacht und Ergebenheit zum Kuss der Wahrheit hin, die Ich dir freien Sinns vergebe. Ermanne dich dazu, in einer sonderlichen Herzensstille Meiner Wohnstatt nahzukommen, um dich von Mir beseligen zu lassen, ohne jeden Vorbehalt und mit der Feinheit, die wie Tau im Morgenschimmer zu dir niederrieselt. Erwecke deine besten Kräfte wunderbarer Liebe und sei Mein, wie sich nur Liebende an den Geliebten zu vergeben wissen. Erwache in dir selbst und sei gewiss, dass Ich dir wach und heiter Bin im selben Zuge; denn dieser Morgen ist ein Lichtfest und ein Fest der Stille im selig zu sich selbst erwachenden Gemüte. Seins-Empfinden ist sein Name und Gewinn an Sicherheit und Seelenruhe seine Tugend, die dir inniglich zum Wohl gereicht und zur Verklärung deiner Wirklichkeiten.


2.18
Bauten noch und noch, von weiser Hand in Meinem Geistesgarten ausgeführt, beleben hier die Szene und ermuntern die Gerechten ihres Seins dazu, selber schöpferisch aktiv und bewundernswert zu werden. Konzentration und Mut zu Eigenem sind da vonnöten, wo das Menschliche im Gottgedankensein vollkommne Grazie finden soll nach Meinem Vorbild und Verlangen. Ich eröffnete den Reigen ausserordentlich geschickter und begnadeter Projekte und du führst ihn weiter, von der Grosstat zum Erfolg in deinem wunderbaren Geistesleben. Merke dir schon jetzt, was kommen soll in deiner von Mir künstlerisch gebildeten Karriere und verlange weiter nichts, als Meiner Hilfe Wirkkraft und herzinniges Mich-ganz-an-dich-Vergeben.

Bei allem, was du bildest, sollst du Meinen Einfluss und Mein aperçu gewahren, denn sie sind von allergrösstem Nutzen für dein Weiterkommen und schlussendlich für dein Heil in Meinen Götterregionen. Alles Leben ist aufs Innigste in eins verschlungen und kann nur solcher Art auf Dauer und Gewissenhaftigkeit bestehn. Du in Mir und Ich in dir ist die erstaunliche Devise, die das Erhabenste was *ist* hervorbringt und das Menschentum erhöht zu dem, was Ich von ihm verlange und schliesslich auch erlange in der Sinnkraft der Äonen. In Mir erfolgreich und beglückt zu sein, sei ohne jedes Zögern auch dein ständig angestrebtes Ideal und halte dich auf Fürstentrab noch bis in hohe Jahre und bis zum Übergang in Meines Reiches geisterfüllte Galerie von wohlgelungnen Werken, wesenhaft, natürlich und aufs Äusserste gediegen.

Und das soll Mein Vermächtnis an dich sein, bevor du, ganz auf dich gestellt, agieren sollst zum Wohle deiner, wie auch Meiner, überragenden und kongenialen Ich-Natur. Was wahre Grösse ist, ist hier ins Weltenall geschrieben, was Einigkeit beweist und Seelenstärke, hier ist es getan im Wirbelwind und Wohllaut fabelhafter Zeiten. Berührst du auch nur Meinen Saum, sind dir damit schon Riesenkräfte in die Hand gegeben; spannst du Mich ganz für deine Zwecke ein, ergibt sich Wunder über Wunder an Vollendung und beglückendem In-allem-Meine-Macht-und-Herrlichkeit-Gewahren.


2.19
Die gottselige Vernunft gebietet dir, soviel wie du nur kannst in deines Lebens Grossmanier und Fürstlichkeit zu legen. Dein Handeln ist in Mir beschlossen und dein Sein ein Steinchen in dem Weltenmosaik, das Ich von A bis Z mit überirdischer Geduld vor aller Augensterne lege. Du träumst *Mein* Schicksal und verehrst Mir doch das Beste, was Ich nur begehren könnte, auf der langen Fahrt in Meine Gründe, Hintergründe, Patenschaften und Momente reinen Schöpferglücks im Wunderbaren. Meinem Adel nachzustreben ist dein Los und Meine Wunder mit den deinen zu bestätigen, dein überragendes und sakrosanktes Ziel. Es soll der Welt den Glanz der Schöpferkraft und Unerschöpflichkeit verleihen, die von Mir ausgehn und die sich hin zu deinem ausgezeichneten Agieren ziehn, im Behaupten deiner selbst weit über dem gewöhnlichen Getriebe. Du *Bist* und trägst dein Sein wie eine Siegesfahne vor dir her in einem Lauf, der beste Kondition und Kalibrierung, Auserlesenheit und Virtuosität ver-

langt in Meistergraden. Dass dem so ist, kann Ich dir jederzeit bezeugen, weil Ich von Mir selber weiss, wieviel Beschwerliches und Tückisches zu überwinden ist im unerreichten Wohlgeraten. Du setzest dich an Meine Stelle und vollführst ein zauberhaftes Seinsszenario, sowie du einsiehst, welche überwältigenden Werte in der Freundschaft mit Mir liegen. Du siegst, derweil *Ich* in dir den Sieg errungen habe, nämlich den, dass du dich selber überwindest und allein Mein Bild in deinem Streben akzeptierst. Der Drive des Göttlichen beflügelt dich zu unerreichten Taten und bewegt dein Herz zur Milde, dir und allen gegenüber, die Mein Weltenwerk zutiefst in sich empfunden haben. Mein ist die Glorie und Mir gehört das Lob für alles was da *ist* und was die Welt zu einem Zaubergarten stilisiert. Auferstehe von dem Lebensschlummer hoch zu Mir und sei, was Ich dir Bin, in der glückseligmachenden Vollendung deiner Liebestaten.


2.20
Was geschieht, wenn du beginnst, dich nach dem Sein zu fragen, das alle Wesen fein und feierlich durchzieht? Du gewinnst Unendliches für dich wie für die Welt, die dich in sich gefangen hält in allen zeitbedingten Zonen. Das Un-Endliche jedoch Bin Ich in den geringsten, wie den überwältigendsten Portionen und so magst du dir ein Liedlein singen über das, was dir bekömmlich scheint von Meiner Seite für dein Weiterkommen auf der eklatanten Gottesspur. Lass dir erklärt sein, dass hier wenig zu erläutern, aber viel zu tun ist, um den Mangel an Erkenntnis auszugleichen, der dich noch beim Wickel hält, in deinen vielbewegten Erdentagen.

Es gilt, das wahre Wesensbild von dir allwie aus der Versenkung hoch hinauf vor deinen Seherblick zu heben, um dir den Seinswert und dein überirdisches Kontinuum wie eine Feuerflamme vors Gemüt zu stellen, womit es hell und warm und wohlgefällig wird in deiner Innigkeit und schwebeleichten Lebenskapriole. Trete sanft ins Licht, das Ich dir frei heraus verbreite und ermanne dich, zu sein, im Aufschwung zur Geselligkeit mit der unendlich liebevollen Heiterkeit und Götterherrlichkeit in Mir.

# 3

# Holdseligkeit der Universensphären

3.1
Jesaja begann das Kommende vorauszusagen. Die Weltgeschichte rollte grandios dahin, wo sich das Tragische und Tragende ereignen sollte, kaum von ihr bemerkt, im Jordantal. Der Stern ging auf und mit ihm die erlösende Gebärde Gottes, die nun fortwirkt in die kommenden Äonen. Willst du sie bemerken, frag Ich dich im Innern an? Willst du schauen, wie der Schatten Meiner Grossmut deine Erde wie ein Zeiger überstreicht, dem Unergründlichen entgegen? Es ist der Ernst der Weltenstunde, die das Knäblein dir gebiert, sowie die Niedrigkeit der Krippe, die dein Herz bewegen soll zur Liebe am gesamten Leben, wie zur Freude an der Grosstat des Allhöchsten, akkurat in dir.

Erwarme dich am weihnächtlichen Lichtgeschehn, überzeuge dich von der ereignisvollen Sanftmut Meiner Züge, die dich sachte in die Geistwelt führt, an der Mir so unendlich viel gelegen. Nichts besseres kann sich in dir ereignen, als die Umkehr, Meiner Gnadenfülle zu. Dem schattenlosen Licht sollst du entgegenstreben, dem Sein in der Wahrhaftigkeit der himmlischen Bravour, wie der Holdseligkeit der Universensphären. Dein Sein gleicht sich dem Meinen gütlich an und wird voll Dankbarkeit das Siegel der Gottseligkeit und Würde des Allhöchsten an sich tragen. Was dich weiht, ist Christus, der Gesandte Meiner himmelweiten Geistkultur und, was du lernen solltest ist, seiner Hoheit tätige Ehre zu erweisen.


3.2
Gottesfürchtige Avancen sind in Meinen Augen ganz besonders liebenswert und schön, denn sie bereiten sowohl Mir, wie deinem Hause, den Gewinn der Makellosigkeit im Geistessinne, wie der

Tugendhaftigkeit, die für den Kenner reine Seligkeit bedeuten.

Regst du dich noch auf, wenn andere anders sind als du, muss ich dir sagen: segne sie und wünsche ihnen Ehrlichkeit, Erfolg und Gottesgnade, denn sie sind wie du von Mir geprägt und müssen trotzdem ihre personelle Freiheit haben. Wolle, was du willst, nach *Meiner* Ideologie und betrachte dich als Diener eines Herrn, der dir stets wohl will, seiner Sicht gemäss, im Bund enormer Gnaden.

Weite deinen Blick vom Weltenaufruhr zu den Ruhesternen, deren Strahlen dich betrifft und alles, was du Bist, veredelt und erhebt. Gedenke Meiner, wenn du sie so faszinierend leuchten siehst und sei gewiss, dass sie dir Meinen Göttergeist verstrahlen.

Das ist nun Meine Botschaft an die Treuen Meines Seinsgewissens, wie des Ihren, die vereinigt was zerrissen war und setzt voll Verve auf das Kontinuum der Gottesharmonie in allen Seelen, die den Ernst, die lichte Schönheit, die Unsterblichkeit und Würde ihres Menschen-Götterseins zutiefst begriffen haben.


## 3.3

Besser könntest du es nicht getroffen haben, als mit Mir verschwägert und verbrüdert und vereint zu sein in des Gottes hohen, lichten Sphären. Hier hilft sich jeder wo und wie er immer kann und das bedeutet Heilsein in brüderlichem Wohlverstand und wonnevollem Frieden.

Du gibst und nimmst nach deinem wunderbar gesteigerten Vermögen und Ich tue dir genau dasselbe an, um der Einheit des Gebarens Willen, dem wir inniglich verpflichtet sind. Was es braucht, um so gewissenhaft und bodenständig zu agieren, ist unbedingtes Seinsvertrauen, das die zuversichtlichen Akteure stählt und sie zu einer Schau von Unbeschwertheit und Glückseligkeit erhebt, die ihresgleichen suchen. Es ist ein Ringen und Bestehn und ein bewusstes Sich-in-ein-markantes-Geistesabenteuer-Stürzen, dessen Ausgang an dem vifen Einsatz hängt, den du in Corpore und kapitalem Mehrwert leistest, der dich dannzumal beseelt. Erst die Tat und dann das selige Relieve ist hier zu sagen, die Wucht und dann die Heldensymphonie, die all so lieblich tönt in deinen hochgestellten Ohren. Du zählst für viele, wenn du's recht bedenkst, in deinem Wüten, Bluten und – Dich regelrecht benehmen. Doch sei gewiss, Ich zähle mit und verleihe dir die Grösse derer, die mit Macht und Herrlichkeit ihr Soll bestehn und die Bedeutung ihres Seins zu Meinem lenken, auf der gottgefälligen Rosenspur.

Du wiegelst auf und wiegelst ab, doch immer als in Meiner Wiege wohlgeborgen; du gestehst und stehst im Hin und Her der Lebenszeiten und wallst Mir ständig zu, salut und seelenvoll, holdselig und erhaben. Es wird aus deiner Welt ein Liebesgarten von holdseligem Erwarten immer neuer Wohlbekömmlichkeiten und erlauchten Gaben aus der Gottheit unerschöpflich weitem Schoss. Es sind die Himmel, die sie rühmen und die Geistesburgen, denen sie Beständigkeit und Liebeskraft verleiht. Was sind die Sterne anderes, als Wohngebiete gottesherrlicher Präsenz und gottesgütigen Begabens? Schaue ihren Adel innig an und spüre Hochheit, Würde und unendliche Gelassenheit in ihnen. Wende dein Bewusst-Sein ihren Fernen zu und *sei* genau dasselbe, was sie *sind,* in ihrem fabelhaften Sinngehalt und ihren richtungweisenden Ambitionen. Aus deiner Winzigkeit entweiche, wie der Flaschengeist, in eine Seinspräsenz von unerhört geräumigen Dimensionen und erfülle sie mit deines Lebens Licht, Wahrhaftigkeit und Herzensgüte, so wie Ich es meisterlich vollzieh. Mein ist dein und dein ist Mein in wundervoll geeinten und gerechten Zügen. *Eine* Sehnsucht, *eine* Liebe, hebt sich himmelan und versieht die Innenräume dessen, was wir *sind,* mit Gottesehre, freiem Hochgefühl und ausserordentlicher Schönheit des elysischen Erlebens.

Bist du, kann dir nur Gutes noch geschehn, erkennst du Mich, hat sich dein Gewahren ins Allgöttliche erhoben, wo: im alldurchdringenden und allversöhnenden Allhier.


## 3.4

Tauche mit mir ins unendlich gehaltvolle Leben und heilige deine Gefühle, dem Göttlichen zu, das Ich Bin und mit dem Ich dir Werte verleihe von unübertroffenem Klang und Genie, dann besitzest du sie als ein Kleinod vollendeten Strebens.

Sind deine Äuglein wach und auf die Gegenwart des Herrn gerichtet, darfst du ihn auch innig und verbindlich in dir spüren. Es geschieht, dass sich dein sinnendes Befinden weitet, unermessnen Fernen zu, die dich in ihrer Unbeschwertheit, Unbescholtenheit und Leichtigkeit entzücken, insbesondere, weil hunderttausend Sternlein glitzernd und devot in ihnen stehn. Du gleitest sachte ins Bewusstsein der Allherrlichkeit der Sphären und fühlst dich heimisch, abgeklärt und tatenfroh in ihnen. Nichts vermissest du und schenkst im Gegenteil, was du dir Bist, an alle guten Geister, die dich still und seelenvoll umgeben. Es herrschen Wohlgeborgenheit und Harmonie im Raum der Fabelhaftigkeit, der Sinnkraft und des heimatlichen Friedens.

Wie konnte Ich nur an Mir zweifeln, denke Ich, derweil so viele trauliche Indizien für Gottesnähe, Seelenheil und Himmelsfreude sprechen, die Mich nun mit ihrem Charme und ihrer Wohlgefälligkeit beehren. Mitten unter sie Bin Ich geraten und fühle Mich von ihnen akzeptiert und auf Augenhöhe in ihr Sein gehoben. Das lasse Ich Mir wohl gefallen und entbiete ihnen Meines Bruderseins Gebärde ohne jede Scham und mit dem Bewusstsein der Alleinigkeit, die Mich mit der ihren abgrundtief verbindet, wesensgleich und durch Erkenntnis siebenfach gestählt. So Bin Ich Mir, was Ich schon immer war, geworden: ein gottgesegnetes Idol des Seinsvollendens und der liebevollen Achtung aller Wesen im Allhier, ein wunderbarer Kapitän der guten Hoffnung für die Vielen, die nach Wahrheit und Erfüllung streben. Was immer Ich berühre ist verwandelt, wie vom Zauberstab, in wache Güte, Seinsgewissheit, Herzenseligkeit und Glück am Dasein von der Art und Weise der Verklärten, die wie Sternenglanz am Liebeshimmel stehn. Du kannst dich meinen, wenn dir einstens solche Ehre zugestanden wird in deiner Professur des Lebens und des Lernens, volontär. Es mag dir unerhörte Mühe kosten, doch kein Preis sei dir zu hoch, um das Ersehnte zu erlangen, das du Bist und Anteil hat an Mir, dem Absoluten, das in Redlichkeit und Gottesruhm das All regiert mit allen seinen Komponenten und Relikten, Auserlesenheiten und Staffagen. Was sich darin erhoben hat, erhebt sich immer mehr zu Mir, was darin Klasse ist, ist Mein Bewirken und was nicht, wird rein von den Gewittern, die *Ich* ihm verpasse. Auserwählt ist alles, was da *ist* und heimgeholt in das Unendliche der Geistessphären, denen Ich Verwalter und Erhalter, Klärer und Bewährer, Wundertäter, Mysteriöser und Beglücker Bin in der Wohlgemutheit und dem Wohllaut der Myriaden.

## 3.5

Gereift, den Blick zum Ewigen erhoben, geh Ich durch die Lebensgassen unbekümmert und galant einher und wirke, webe und gestalte, was gehörig ist und wunderbar. Als Abbild Meiner Selbst im Menschenwesen, weiss Ich auch, wie seine Schritte sanft und seelenvoll zu lenken sind, um in ihm gottgefällige und gottgewollte Resultate zu erzielen. Aus seiner Eigenheit heraus ist es Mir fremd und unfrei, jämmerlich und marginal geworden. Das lässt sich keinesfalls mit dem vereinen, was Ich als Ideal in seinem Wachsen und Gedeihen seh. Mein Wahrspruch lautet, fällig oder überfällig: in der eignen Sauce soll es schmoren, bis es einsieht, wo der Hebel anzusetzen ist, damit des Allerhöchsten Gnade wieder reichlich zu ihm fliessen kann, wie in den besten Jahren.

Es ist nun einmal so, dass Meine Kinder Liebe *und* Bestimmtheit spüren müssen aus der Vaterecke, die noch immer rechtens, konsequent und überzeugend vor dem Weltenmännischen besteht. Ich werbe um Vertrauen und will dir ungesäumt das Meine aus der Fülle Meiner Hand vergeben, wenn Ich deines innig spüren und ergreifen kann. Es ist so seltsam, dass der Mächtige, der Ich Mir Bin, von so viel Schmächtigen missachtet, ignoriert und ausgelassen wird im täglichem Manöverieren. Da sind noch Welten aneinander anzugleichen und Heldentaten zu vollbringen, bis die Einigung erzielt ist in des Lebens Lohen, Lust und Stil. Stimmt die Nuance, kannst du sicher sein, dass dich Mein ehrenvolles Fluidum beseelt, vom Strahl der Liebe zu dir hingetragen. Das ist dann die Wende in des Menschen Seinsphilosophie, die neue Präferenzen schafft und das Individuelle auf die Zielgerade zum allgöttich Allgemeinen hievt und damit zum unendlichen Behagen.

Endlich Bist du, in das Buch der Weisheit eingeschrieben, Meiner Absicht Ausbund, Licht und General. Deine Züge sind vom Lächeln der Vernunft geglättet und die Seele atmet frei und friedevoll in Meiner Sonne hellem, zartem Strahl. Indem du Bist verändert sich die Lebensszene als zum Auftritt der Allgöttlichkeit in deinem höchst bescheidnen Rahmen. Weil du Wenigem getreu gewesen bist, will Ich dich jetzt dem Vielen übersetzen, das Ich Bin und das im reinen Sein Genüge findet sonnenklar. So kommt, was kommen muss in auserles'nen, würdevollen Zügen und erfüllt das Weltsein mit der Köstlichkeit der universenweiten Geistesmelodie, die klingt und singt Begeisterung in alle feingestimmten Ohren. „So sei es" intoniere Ich und werfe damit selbst Jahrtausende ins Spiel der Tausend Variationen und der feinen Art und Weise, ihm Erfüllung, Fabelhaftigkeit, Holdseligkeit und Liebeswonne zu verleihen.


3.6
Das kreative Manifest, das Ich dir hiermit unterbreite, heisst: Geselligkeit im Jenseits aller Dinge und Gewalten, wie Holdseligkeit in der elysischen Gebärde, die die Sterne dir verleihen. Ihnen bist du offen, eingefügt, bewusst und magistral, im heiligen Bezirk, in dem das Seelensein bei weitem dominiert und sich geborgen sieht in lichterfüllten Ewigkeiten. Das Radikale ist dem Milden, Zartgestimmten und Verträglichen gewichen, das Beissende dem selig Süssen und das Prägnante dem wohlgefälligen Bade im Bewusstsein der Allgüte, die Ich selber Mir verströme. Wetten dass noch viele kommen und sich diese Szene lautern Sinns und hocherhobnen Herzens inniglich besehn. Es braucht Courage und Genie,

um dem Un-Endlichen, das Ich Mir Bin, auch nur in etwa nah zu kommen, geschweige denn, es selbst zu sein in der Erkenntnis wahren Seinsgenügens. Es ist ein mächtig, prächtig Unterfangen, in Meiner Hemisphäre Fuss zu fassen und das Schrötige zu lassen, das dich so beschäftigt und verquält. Die Strategie der Reinheit und Entschiedenheit geht schliesslich in Mir auf und bereichert und entgiftet deine Tage mit dem Odium der Gottesfreude und Genügsamkeit im traut gewordenen Allhier.

Recherchiere wo du immer willst, es kann nichts Besseres zutage kommen, als Mein gottgesegnetes Brevier der Weisheit, Weitsicht und Beseligung im Leben. Du Bist Meine Tracht, Geschliffenheit und Wohlbestalltheit in den Geistessphären. Was du immer denkst, ist Meinem grandiosen Anstoss zu verdanken, was du dir erfühlst, sind Meine siebenseligen Provinzen der Empfindsamkeit im Andersartigen.

Ich rechte nicht mit denen die sich zieren zeitig, wohlerzogen und bewusst zu Mir zu kommen, aber Ich erwarte dich tagsüber und in bangen Nächten ruhig ohne jedes Ritual, um dir den Zauber Meines Ich und Meiner Unbeschwertheit, Seinssubstanz und Weltengrazie zu offenbaren.


3.7
Worauf gründet deine Welt, wenn nicht auf die, die Ich dir wesenhaft und willig zugeeignet habe? Ich halte, was du Bist, in weisen Händen und ermanne dich dazu, die fürstlichen Talente deines Seins gehörig auszunützen in der Wachheit und holdseligen Entschiedenheit, die dir zu eigen. Manche sind schon durch ihr Eigenwesen gross, doch ist auf jeden Fall zuinnerst zu bedenken, dass wahre Grösse ohne jeden Zweifel in der Vielfalt schöpfe-

rischer Gaben liegt, die Ich voll Seele den, von Mir Geschaffenen, verliehen habe. Sie wiegen sich im Tanz der Lebenstage und verneigen sich vor ihren Gütern, ohne zu bedenken, dass es Meine sind, der Welt aus purer Lust und Gebefreudigkeit verehrt. Du stellst es richtig an, wenn deine tägliche Parole lautet: Ich bin dein und du Bist mein in allen Fertigkeiten und gediegnen Funktionen. Das ergibt ein Leben vollends in der Gottheit Schoss und die kennt keine bessre Würdigung der Dinge im Allhier, als die des Seinsvollendens, makellos und in die lichte Ewigkeit geschrieben.

Der Kern der Sache ist Mein Wille zum Kreieren und Polieren der famosen Dinge Meiner Rezeptur und Grazie im Andersartigen. Dort kennt Mein Wille keine Grenzen und die Flut der Geistesabenteuer, die Ich dort bestehe, sprengt schon im Ansatz jedes Mass, das du ihm etwa angedichtet haben magst. So heisse Ich dich denn, in *Meinen* Guss und Fluss zu treten, um dein Scherflein beizutragen zum faszinierend und erhabnen Weltgeschehn.

Wo ein Wille ist, ist auch ein Weg für alle, die ihn innig suchen. Der Meine aber ist in dir zu finden, wenn du ganz Ohr bist für die Friedefertigkeit und Zuversicht, die Ich dir in des Schweigens Dom vermittle. Für alles, was dein Herz betrifft, Bin Ich besonders leicht zu haben. Von dir zu Meiner Mitte führt ein Strom herzinniger Gefühle, dem du dich vertrauensvoll ergeben kannst in allen deinen Nöten. Komm und fasse alles was du Bist und hast in *Meinem* Sinn zusammen und sei frei und lind, ins Selige verwandelt und für Zeit und Ewigkeit geheilt im Wunderbaren.

## 3.8

Kolossale Bindungen und Auf- und Niederfahrten halten dich am Bändel irdischer Gefälligkeiten und lassen dich so leicht nicht wieder fahren. Dabei Bin Ich der strahlende Triumph der Kostbarkeit im Wunderbaren, der Ungeborene, dem alles Werden und Verrotten untersteht. Gehst du dahin, so ist es klar, dass Ich in jedem Fall dabei gewesen; willst du nach kurzem, ewigem Schlummer wiederum in Haut und Knochen auferstehn, so Bin Ich es, der dir dazu die Trommel rührt und dich hinauswirft aus dem Sein in der Gefälligkeit des Gottesfriedens. Noch all so vielen Kanten musst du ihre Schärfe nehmen, bis du würdig bist, in das Bewusstsein reiner Gottesfreundschaft aufzusteigen, noch mancher Lebenshorizont muss vor dir untergehn, bis dir die Sonne der Unsterblichkeit und Gottes-ebenbildlichkeit erstrahlt. Was alles gilt es für dich loszulassen, um dein Erdgewicht zu schmälern und dein Himmelsstreben wissentlich zu fördern auf der Evolutionenspur.

Es ist nicht einfach für dich so zu sein, wie Ich es genial und fürstlich intendiere, denn noch allzuvieles, was du wichtig findest, ist für Mich ein Nonvaleur von offensichtlichem Missraten. Erst das Horchen auf Mein Wort und das Gehorchen leiten deinen Sinn auf was Ich für dich Bin und damit auf den Zweck der langen Übung im erstrahlenden Allhier.

*Meiner* Wahrheit Ausbund und Devise bist du immer schon gewesen, Meiner Freundlichkeit Idol und Meiner liebevollen Sorge Anhang in der Unverbrüchlichkeit der Gottessphären. Lichte Räume, sagenhafte Träume sind dir offen, wenn du nur begreifst, wie nah du Meiner Seinsgewissheit bist und wie wenig es doch brauchen würde, um dich mit Mir aufs Entschiedenste und Liebevollste zu vereinen. Ich warte und erwarte, dass du kommst, still und leise wie der Mond dahergeschlichen, rührig und gewissenhaft wie eine Hausfrau, oder bittend wie der Mönch in seiner Zelle, um die Herrlichkeit des Liebeshimmels einzusehn. Dein Hoffen, Wagen und Verzeihen wird es dir erweisen, was du in Mir Bist und was Ich Bin in deines Daseins Wert und Kunstgebilde, seinsgeschichtlicher Bewegtheit, Unersättlichkeit *und* Milde in Bezug auf deine Sendung in den Erdenweltentagen.

  Bedenke, dass du weder Staub noch Asche bist, sondern die unsterbliche Essenz von Meiner Güte, Genialität, Grossmütigkeit und Grazie am Himmelswerk, das Ich mit Vehemenz betreibe. Dein Aufgang ist der Meine und dein Sinken die Erfüllung deiner Lebenszeit in Farbenpracht und Herrlichkeit, um sogleich wieder freudestrahlend in Mir aufzugehn.


3.9
Keineswegs werdet ihr sterben, wenn ihr das Bewusstsein dessen erlangt, was ihr schon seid: der Gottheit Rat und Richtung, Regelkraft und Sein in vollen, runden Zügen. Kommt Zeit, kommt Rat zu denen, die da suchen und im Entdecken ihre allergrösste Freude sehn. Es gilt, dem Geistraum über dir und in dir Referenz und Achtung zuzuhalten, damit darin das wahre Bild von dir sich spiegeln kann und alle Schönheit offenbart, die dir von Mir gegeben.

  Was hast du nur, dass es dir soviel Müh bereitet, *Meinem* Duktus und Relieve zu folgen, wo doch alles offen vor dir liegt, was Ich an Seinsbedeutung und Gedankenschwere, Traditionen und Erkenntnissen in dich gelegt. Ich lass dich laufen dorthin, wo du immer willst und halte dich in dem Moment am festen Zügel, wo du in den Abgrund deiner

Eigenheiten zu versinken drohst. Denn was *Ich* in dir erhalte, ist von Ewigkeit zu Ewigkeit dem Ewigen geweiht, das Ich dir Bin im Weltenepos, wie in allen Wesen die Ich Meinem Sein entwunden habe. Ich denke, das Bist du. Und du sollst daran denken, was du in Mir Bist in Gottes Ebenmass glückseliger Zeiten. So wird heil, was zu verderben drohte, so empfindet sich das Kleine urgewaltig gross und darf sich rühmen, in den Weiten der Gottseligkeit bewusst zu sein und seine Kräfte, Säfte, Geistesblitze und Begeisterungen in ihr auszuleben.


3.10
Was ist Tiefsinn, wenn nicht die Erkenntnis, dass Ich in dir das Arom der Gottesfreude und Bewusstheit Bin, die dich von A bis Z und von der Erde bis zum Himmelszelt beseelen. Nichts kann dich mehr erlaben, als die Sicht auf was die Gottesgnade, Wirksamkeit und Grazie ist, mit denen Ich dich frei heraus begabt und ausgestattet habe. Dein ganzes Können liegt darin, wie deine Würde und Gottseligkeit, dass du den Seidenton vernimmst, den Ich voll Anmut für dich über Meine Saiten zieh. Was Mir morgenklar ist, muss in dir noch aufgeklärt und in das Herz gegossen werden. So sind grosse Strecken deines Seins mit Meinem Lichte aufzuhellen, und das Fabelhafte an dir ist als Gottesgabe darzustellen, ohne abzuschweifen oder Eigensinniges dazuzulegen.

Ich Bin deines Seins Gevatter und Gefährte, deines Rufens und Berufens Echo im Erhalten und Entfalten für und für. Was du nicht Bist, Bin Ich voll Leidenschaft in deinen Fibern, was du vermissen müsstest, habe Ich voll Sanftmut, Gottestreue und Verbindlichkeit in dich gelegt. Erwarme dich am wunderbaren Seinsgedanken, der in allem was da *ist,* verborgen liegt. Engelwesen schweben von Mir auf und nieder und bewegen und besorgen eine Welt von Geisteskraft und Harmonie, in der auch du aufs Trefflichste geborgen und geliebt, umworben und verwöhnt bist, um dir Meine Gunst und Mein beglückendes Vermächtnis zu bezeugen. Ahne, was Ich dir im Tiefsten Bin und vernimm das Summen der Gottseligkeit in deiner licht- und leichtgewordnen Seele. Ohne jeden Zweifel *sei,* und suche nicht nach mehr, denn so ist die Vollendung deiner selbst beschrieben und erreicht und damit Weltenglück in deinem Dich-im-Universensein-Erfühlen.


3.11
Das Kolossale zu begreifen ist Mein Drang und Metier. Ich seh es schon von weitem, wenn's für Mich zu tun gibt in den Geistesgründen Meiner Provenienz und Sachlichkeit, Entschiedenheit und Gottesgüte. Stimmt etwas nicht in den ins Ewige verwallenden Gewölben Meiner Universenweiten, Bin Ich allsogleich zur Stelle und beginne ohne Aufschub mit der Besserung, Befriedung und Beglaubigung der Szene als Mein Werk, Mein Sinnbild und Bewahren. Misch dich ja nicht ein, wo *Ich* auf Gottesmission agiere, denn was du auf deine eklatante Weise denkst und tust, kann Meiner Götterherrlichkeit und Weisheit nur zuwiderlaufen. Ergibst du dich jedoch in Mein Verfügen, Donnerwort und Seinsgenügen, bist du ungesäumt verwandelt und benimmst dich, wie es sich für einen Göttlichen geziemt im Allumfangen. Radikal geläutert und gestärkt, geliebt und seinsverbunden Bist du *Meines* Seins plausibler und erhabener Gefährte in des Geistraums unverbrüchlichem Äonenwallen. Und Ich sage dir, wenn du zuinnerst und zuäusserst

deinen Wohlklang und dein Resumee, dein Perpendiculum und Karrierentum gefunden hast, sind Festlichkeiten angesagt von überragenden Dimensionen. Einjedes Herz schlägt höher bei dem schieren Hochgedanken, dass sich einmal eine allgemeine Seinsverbrüderung ereignen soll im Stil und Viel der Myriaden, wie in der Erkenntnis der Gottseligkeit des Einen, das Ich Bin, und das sein Werk vollendet sieht in überragender Manier und mit dem Siegel reiner Sagenhaftigkeit und Wohlfahrt, Wesenstreue, Eleganz und Himmelsgrazie versehen.

## 3.12

Gottseliger Zusammenschluss der irdischen Gedankengänge mit den himmlischen in Meiner nonchalanten Art, den Lebensdingen Pfiff und Vielfalt, Überschwänglichkeit und Seinsbedeuten zu verleihen. Bedenkst du dies, so wirst du bald gewahren, dass das Überirdische in Meinem Sprachraum eminenterweise überwiegt vor dem Profanen und dass damit unmissverständlich und gerechterweis gezeigt wird, wie in Meinem ewig lächelnden Gemüt die Dinge liegen.

Erschrecke nicht, wenn Ich dir auf den Kopf besage, dass dein Denken nicht viel weiter taugt, als bis zur Nasenspitze, derweil das Meine überweltliche Gelehrsamkeit geniesst, wie es die Götter eben intus haben. Das bedeutet, dass es für dich angebracht und spruchreif ist, nur noch Gedan-ken Meiner Art zu pflegen, was dich sehr bald zum Herren deiner Übel und zum Bändiger deines Leichtsinns stilisiert. Das macht, dass deines Lebens Lauf auf Götterbahnen einschwenkt, die in ihrer wunderbaren Stimmigkeit und Eleganz,

Kapazität und Auserlesenheit den Wohllaut der Vollendung und entrückten Heiterkeit verbreiten.

Im Grund genommen musst du endlich einsehn, dass du längst nicht jener bist, für den du dich im menschlichen Bereich vermutest, denn die götterliche Komponente ist dir in der Regel allertiefst verborgen allsolange, bis du sie ins Strahlenlicht des himmelweit gewordenen Bewusstseins hebst. Das aber ist dir aus den Schalen Meines Gnadenströmens ins Gemüt gegossen, so dass du dich recht ungeniert als hellen Kopf bezeichnen kannst. Das wird auch akzeptiert von den verständigen und liebevollen Seelen, die sich gern von deinem und damit von Meinem Wort belehren lassen. Es ist ein guter Ansatz für dich, wenn du allsogleich beginnst, Einkehr bei dir selbst zu halten, indem du deines eignen Denkens Stil zugunsten Meines gottbegnadeten verlässest, um damit im Nu die allerbesten Resultate zu erzielen. Bändige, was dich betrifft und wende dich im selben Zuge Meiner überragenden Verbindlichkeit entgegen, die dir in allen Teilen hilft, dem Leben Charme und Wohlbekömmlichkeit, Seelensicherheit und Sinnkraft zu verleihen.

In Würde in Mich sterben heisst für dich, in Meinem Geiste auferstehn, um akkurat in Mir die höchste Seelenseligkeit und Freundesliebe zu erfahren. Wunderschön ist das und billig, liebevoll und herzenstraulich für dich auserlesen. Mit allem, was von Mir kommt, findest du dich aufs Erquicklichste zurecht und darfst getrost und zuversichtlich in graziösen Gottesträumen liegen.

3.13
Hab Ich dir nur einmal heil und heilig, lebensklug und sakrosankt in deinen Pass geschrieben, so

musst du Meinem Rat auch folgen, wie der Jagdhund, wie der Falke im lichtdurchschossenen Azur. Nur die Reinheit der Gedanken sollst du pflegen, nur gottgewollte Tritte tun, von Mir geführt und abgewogen. So reüssierst du folgenschwer, indem *Ich* in dir zur Erfüllung schreite, so traust du dir Mein Alles zu, im Lobgesang der Geisteswirklichkeiten, die da *sind* und dich zum neugebornen Strahlenstern am Liebeshimmel der Verklärten zählen.


3.14
Abgegossen ist nicht abgeschlossen, weil der Guss noch modelliert, geschliffen und poliert wird nach genauen Massen. So auch du in deiner Art zu existieren. Es walten unsagbar geschickte Kräfte über dir, von denen deine, ohne Pardon, unablässig zehren. Bist du so aufs Innigste mit Mir verbunden, muss sich auch dein Seinsgehaben mählich und gekonnt auf Meine Seite schlagen. Gleich zu gleich gesellt sich gern, meditierst du leichten Sinnes vor dich hin und übersiehst dabei, dass auch ein Gott im Menschen seinesgleichen sucht und findet auf der Liebe lichter Spur. Ist es da nicht zweifellos gegeben, dass in deiner Ichheit götterlichte Züge walten, die dein Sein auf Meine Stufe heben von bewundernswertem Rang und Namen? Das Bist du, will Ich dir auf den Kopf besagen und dir damit zum Bewusstsein bringen, wie verschwägert und verschlungen alle Lebensdinge sind im Geistessinne, der von Mir ausgeht und sich wieder an Mich schmiegt im allerzärtlichsten Empfinden. Ist dir diese Einsicht gnadenvoll zuteil geworden, wird dich alles, was da *ist,* aufs Innigste berühren und wird dein Erbarmen fordern an des Weltenwesens unbewusstem Stil. Mach dich nützlich, deut Ich dir, um die Lage der Geschöpfe liebevoll zum Besseren

zu führen und entsage damit deiner egoistischen Mixtur. Sag: Ich will mich gern als Menschen- wie als Gottesfreund im Leben etablieren und damit Mein wahres Selbst in Selbstverständlichkeit und edelmütiger Gesinnung offenbaren. Sichte, richte, *sei*, ist die Parole, die Ich dir sanft und tüchtig ins Gewissen lege. Wandle dich in deinem Wandel und bereinige dein Werk in Meinem Sinne und du wirst aus allem, was du Bist, als strahlender Gefährte der Unendlichkeit hervorgehn, leichten Herzens, gottbegnadet in ihm, wohlbewahrt und wunderschön.


3.15
Tastest du dich zielbewusst, unzimperlich und lebensfroh an Mich heran, kann Ich dir nimmer widerstehn. Dein Verhalten öffnet dir die Tür zu Meinem Reich und du stellst dir an seinem Saum die bange Frage: soll Ich wirklich, was Ich an Mir habe, fahren lassen und bar und bloss hinein ins Unbekannte ziehn? Eine Stimme raunt dir zu: du driftest ins Verderben und eine andere: dein Wagemut wird dich galant zum höchsten Ziele führen. Da braucht es Feingefühl, Erfahrung und Vertrauen, um dich fürs Letztere tatkräftig zu entscheiden und damit voll Zuversicht den ersten Schritt ins Reich der reinen Geisteskraft zu tun. Du spürst, wie dich ein Etwas liebevoll begleitet und dich auf dem Pfad ins Unbekannte führt, auf den du dich begeben. Im Vorwärtsschreiten wird dir klar, dass Ich es Bin, der All-Erschaffende, der in dir Wunder wirkt des Strebens und Gesichert-Überlebens mitten in der Flut von Widrigkeiten und Versuchungen, die dich gewandt umtosen. Du traust dir Meisterdinge zu, indem du deines Meisters Schritten folgst und dich in seiner Obhut

frei und friedevoll, getragen und gesundet fühlst wie nie zuvor in deinem Leben.

Todsicher und gekonnt ist Meine Strategie der Auserlesenheit für zünftige und mündige Seelen, die ohne Pathos und Fibrieren schlicht und treu auf Meiner Seite stehn. Willst du einer von den Meinen werden, denen nichts zuviel ist, um in Sachen Wesensbildung und Gelassenheit voranzukommen? Denn es steht geschrieben: nur in Mir ist Aussicht auf all-ewigen Erfolg und auf die Krönung mit dem Siegel der Allherrlichkeit, in die du dich begeben. Du bist dir selbst nichts mehr und Bist dir alles, was das Sein betrifft im Überschwang und Überhang der Zeiten. Im Schweigen gleitest du durch Meine Geistesräume stillvergnügt dahin und lässest dich im Fach der himmlischen Gelehrsamkeit von Mir voll Sanftmut und Geduld belehren. Es wogen die Gefühle auf und nieder in den Wohlbekömmlichkeiten, die dir hier geschehn und die dich stets entschiedener und unerschöpflicher glückselig machen. Du Bist und lässest dir das götterlichte Sein und Weben wohl gefallen, das in dir west, derweil sich dein Bewusstsein weitet wohlgefällig in das Sternenreich hinein. Du erfährst den Gottesgruss und -kuss in Sphären der allewigen Beschaulichkeit und Minne am Allhöchsten, das da *ist* und das sich in sich selber selig weiss in lichterfüllten Höhn. Eins mit allem Bist du und gewahrst den Götternimbus, den Ich dir voll Güte und Holdseligkeit verliehen. Alles Liebliche und Unbeschwerte driftet dir galant entgegen und versetzt dich ins Entzücken an der Geisteswirklichkeit, zu der Ich dich erhoben.

3.16
Wirkungsvoll, wahrhaftig und gediegen ist Mein Auftritt sowieso, doch dazu kommt, dass er mit Geisteskraft geschieht, die alles andere verblassen lässt wie vor der Sonnen Strahlen. Was bei Mir zählt ist die Gewandtheit, mit der Ich Meine ausgezeichneten Ideen vor dem Gottesvolk vertrete, dass es Mir folge und vollbringe, was sich ziemt, in der Gemeinschaft Meiner Diener. Würdigst du, was Ich Mir mit dir vorgenommen habe, tritt die Frage auf, ob du auch fähig bist, Mich würdig zu vertreten als ein Herold der gottseligen Gedanken, die Ich für die Förderung von Welt und Überwelt beständig hege. *Ein* Ding ist es, für Mich zu operieren, ein anderes, weit wichtigeres, *wie*. Nicht Radikale kann ich füglich brauchen, sondern Seinsbewegliche, die fähig sind, sich einen Reim aus dem zu bilden, was Ich ihrem Lauschen liebevoll gesteh. Makellosigkeit erwarte Ich von ihrem fürstlichen Benehmen und bewusstes Auf-Mich-Eingehn in der Vielgestaltigkeit, die sie voll Verve in Meinem Sinne darzustellen haben. Meine Sache ist es, zu verwerfen, was Mir nicht gefällig ist, denn nur das Allerbeste lass Ich gelten. So wirst auch du gewiss in Meinem Reiche als ein König estimiert, sowie du durch Beständigkeit und guten Willen, Redlichkeit und Nächstenliebe in es eingetreten. Was du im Erdensein vertrauensvoll gesät, wird dir im reinen Seinsbewusstsein überreich vergolten. Meine Züge kommen über dich und wirken Wonne, Heiterkeit und Frieden im erhobenen Gemüt und lassen dich vor deinem Ansehn als Verklärter und Gottseliger erscheinen.


3.17
Nicht zuviel und nicht zuwenig soll dein Geist in Meinem hocherhabnen ruhn. Es ist auch hier ver-

bürgt, dass deine Seinsbefindlichkeit und Willensstärke sich in einem Equilibrium befinden sollen, zwischen Weltlichkeit und Himmelweite von bewundernswerter Einsicht und Gewähr. Du Bist, was du dir sein willst all so lange, bis du Meiner Gegenwart gewärtig und bewusst wirst, überall und sonderlich geradewegs in dir. Das macht, dass deine Lebenstaten sich vom Hier und Jetzt bis ins Unendliche erstrecken Meiner benedeiten Geistessphären. Warst du's eben noch gewohnt, dich als der Mittelpunkt der Welt und deiner fulminant gewordenen Affären zu bezeichnen, überlässest du Mir diese Ehre in der weisen Einsicht, dass dein Eigenwesen eine Null ist gegenüber Meinem universenweiten Sein und Sinnen, Einfluss und unendlich schöpferischen Tun.

Erst, wenn du dich vor Mir gering machst, bist du wahrhaft gross und darfst dir rapportieren: Meine Füsse stehn in Turbulenzen, doch Mein Haupt geniesst die Pracht des himmelweiten Sonnenstrahls. Hast du dies Verhältnis intus, offenbart sich dir des Lebens wahre Qualität und lässt deine Seele in der Sicherheit des Absoluten Freuden tanzen. Was du dir Bist ist dann ein Sein von Meiner trojanischen Verborgenheit in dir und allen deinen Aktionen. Meine Sitten sind die deinen und dein Sinnspruch lautet: Gott in mir und Ich in Gott in allerwürdigsten und kosmisch aufgefächerten Dimensionen. Es befällt dich Meines Freiseins Attitüde, wie auch Meiner Unermesslichkeit Befrieden und glückselige Gewähr. Du erkennst dich als in Mich gestorben und neu in Mir geboren in der Herrlichkeit des Auferstehns im Geist der unermesslich seligen und seelenvollen All-Natur.

## 3.18

Wogegen rennst du, wenn Ich dich verfolge, Tag und Jahr? Nimmer kannst du Mir entwischen, weil Mein Reich nur *eine* Richtung kennt und die heisst: Mir entgegen. Du verbindest dich mit so viel blendendem Gehaben, dass du Mich darob nicht siehst und redest dir dann ein, ein guter Mensch und Proletarier zu sein, bespickt mit abervielen Qualitäten. Ich aber korrigiere: fad und zimperlich bist du und trägst dein Fell zu Markte wie ein Bettler auf der Lumpentour. Was dir nottut ist ein reines und vertrauensvolles Herz, Mir und Meiner Geistesgegenwart entgegen. Zwar braucht es Heldenmut, sich in das Unermessliche zu stürzen, doch der freie Fall tut gut und lockert die Erkenntnis von dem Wesen, das Ich Bin und das du Bist, in Myriaden Variationen. Das *Eine* sind wir, geistgeboren, seelenvoll und siegessicher, wenn es uns gelingt, im Eigensein den Götterpuls zu fühlen, der uns verbindet und belebt, befriedet und in dem bestätigt, was wir *sind* als Kapitäne der Gerechtigkeit am Leben, wie als Albatrosse der geflügelten Manier, mit der Ich Mich in euch durchs All bewege. Da springt heraus, was Seinsgewissheit leisten kann und was dich wie von Trümmern auferstehen lässt in Meine grünen Gründe, wo Langmut, Sanftmut, Harmonie und Lebenswonne walten.

Mein Angebot ist lauter und verbindlich, dich ins Paradies der Unbeschwertheit, Heiterkeit und Auserlesenheit zu führen. Mach dich auf und *sei* und schere dich um nichts als Meine Güte und Mein Seinsversprechen, das dich rettet und noch heute ins Unendliche erhebt.

3.19
Wer nichts als kalkuliert, kommt in den Zahlen um, in die er sich mit so viel Vehemenz begeben. Knallhart soll alles dargestellt und ausgeschieden, bewiesen und beziffert werden. Seelenlos sind die Manöver, die am Gängelband der vollen Honigtöpfe, wie des Sachverstands, vonstatten gehn. Du stehst in ihnen schmachtend als im Feuer von Gefechten, die dir nichts als Ärger und Verzweiflung generieren.

Da suchst du was dir Linderung verleiht in überird'schen Dingen und beginnst, dich mit dem zu beschäftigen, was *Ich* dir ohne jeden Eigennutz entbiete. So beginnt ein Strom von Geistesgüte, Seinswahrhaftigkeit und Mitgefühl von Mir zu deiner Seelenresonanz zu fliessen, der dich reinigt, bildet und erhebt. Du spürst, wie Ich dich spüre und beginnst, die Welt der Geisteskräfte als real und wirkungsvoll, gutmütig und dir zugeordnet zu empfinden. Das ist dann die Wende, die dir Seelensicherheit beschert und Gottverständnis in beglückender Manier. Es legen sich die Wellen des Geschicks zur sanften Ruh und lassen dich im Ozean des Lebens freier und beständiger agieren. Du hältst den Erdentagen Himmelslicht entgegen und verklärst damit dein Sein aufs Allerschicklichste und Resoluteste, das man sich denken kann, im Wandel der Gegebenheiten. Bist du so, so kann dich nichts Erbärmliches mehr aus dem Sattel heben und dein Einsatz für die Welt ist abgeklärt, bewundernswürdig, redlich und gediegen. Ich stelle dich vor alle hin und melde: hier ist einer, der an Mich geglaubt hat und Mich zu ihm liess voll Sehnsucht nach Gewissheit, Lebenswonne und gottseligem Erlaben. Er hat in Mir gefunden was er suchte und hat ausgesprochen, was ihm eine See von Seligkeit bereitete im wunderbar gefälligen und überweltlichen Allhier.

3.20
Ausgezeichnetes ist zu berichten von der dichten Folge genialer Interventionen, die den Weg der Evolution des Lebens zieren. Nur allzuvieles ist noch nicht erforscht von dem, was Meine Tugend, ewige Jugend und Geschicklichkeit erfunden und vollendet hat. Es ist ein Geistesabenteuer erster Güte, dem unendlicher Erfolg und Glamour zuzusprechen ist. Urwillentlich und graziös ergreife Ich im Tiegel ungezählter Möglichkeiten immer Neue, um sie in gestalterischer Akribie ans Licht der Wirklichkeit zu zaubern. Erforsche Meinen Stil, geb Ich dir auf und leiste, was dich alleweil im Göttersinn bewegt, um deine eignen Kombinationen darzustellen. Deine Frühe stilisiere sich zu Meinem Spätgriff in die Harfe des Gelingens, der Ich die reinsten, reifsten Töne spielerisch entlocke in der Fülle Meiner Göttertaten. Du besitzest Meine Federspitze, die den Klang beschreibt der in Mir tobt und reift und zittert, dem unendlichen Gesang entgegen, der in allem Seinsvollendeten und Preziösen reine Seligkeit verbreitet. Ohne das berückende Gefühl der Weite kann in Mir nichts existieren, und so breite Ich Mich aus mit dem unsäglichen Verlangen, immer mehr zu sein und Meinem, in Mir waltenden Genie, unendliches Bedeuten zuzulegen. Unsterblich ist Mein Sein, und Meines Glückes Gegenwart bestürmt das göttliche Gemüt nach immer neuen Kulminationen.

Wo es Mir gelingt, in eines Menschenherzens Wiege exquisite Ruh zu finden, ist Mein götterlichtes Innesein auf Resonanz gestossen und die Fabel ist vollendet von der Wonne im beseelten

Weilen, die die Welt ersehnt und die Ich ihr schlussends voll Güte und Gottseligkeit dahingegeben.


3.21
Nichts weiter als was dir das Leben laufend bringt, sollst du ins Seelenauge fassen und es damit in Meine Sphären heben geistigen Gehalts und geisterfüllter Schöne. Auf dich kommt es im einen Sinne an, dass du der Welt vermittelst, was *Ich* dir zum Vermitteln angerichtet habe. Du offenbarst den staunenden Gemütern, was *Ich* von ihnen will und was sich auch geziemt im Kontext mit den universenweiten Gottesgütern. Ja, Ich will, sollst du mit allen andern zu dir selber sagen und dabei erkennen, dass *Mein* Wille tatenträchtig hinter deinem operiert. Du flatterst wie die Vogelschwinge nach dem Mass, das *Ich* in deinem Herz befehle; du unterstehst dich, Weltendinge zu gestalten, weil dich *Mein* Genie beflügelt und belebt. Nun sage Mir, ob das nicht Dankbarkeit gebiert Mir gegenüber, dem du so viel Weltenschaffendes und Einzigartiges verdankst in vollen, lichten Meisterzügen? Ich Bin die See, in der sich dein Gewissen spiegelt und biete dir das lebenstrotzende Gehäuse, in dem du wissend wohnst und das verrichtest, was *Ich* dir gedankenvoll und weise vorgegeben.

Gemütlich kann Ich dirs nicht machen, aber grandios im götterherrlichen Spagat, den Ich von Mir zu dir in allem Ernst vollführe. Was *Ich* generiere, zwingt dich, Meinem Sinn gemäss zu spuren und dem Faden der Gerechtigkeit am Sein mit Vehemenz zu folgen, ohne jeden Zögerns Spur. Das nenn Ich vif und köstlich, seinskulant und wahr, wenn es nur immer von dir anerkannt und gottgefällig kolportiert wird zu den Deinen. Ständig annektierst du, was Ich dir gefühlvoll und galant vergebe: strahlend wie die Sonne, schimmernd wie der volle Mond am nächtigen Gewölbe. Auserlesen und gekonnt ist, was Ich zu den Menschen trage und so kommt es, dass ihr Wesen satt ist von den Götterqualitäten, die voll Verve von Mir zu ihnen fliessen.

Weide dich an dem, was Ich dir Bin und lass dich von der Generosität der lichten Göttlichkeit aufs Innigste verwöhnen. Erbaue dich an Mir, derweil du dich bedenkenlos mit deinem Weltensein versöhnst.


3.22
Wahrhaftigkeit und Seelenstärke sind von Mir ein Zeichen unerschöpflich reiner Güte, die Ich allem Sein verleihe aus der Fülle Meiner weltgewandten Dispositionen. Niemand ist wie Ich befähigt, aus sich selbst heraus ein Universum zu gestalten, dessen Sternenweiten jedes Aug entzückt und jeder Seele Ehrfurcht und Bescheidenheit gebieten. Was Ich Bin mag Ich nicht sagen, was du Bist, versteht sich von allein, sowie du Mich aus allernächster Näh erkennst in deinem Mich-Vermuten. Nenne Mich den Adel, der auf lichten Engelschwingen webt, die Weisheit in Person, ob deren Weise die Gelehrten sich die Häupter kratzen und die Seinsverklärten all ihr Wissen offenlegen, um es Meinem staunend zu vergleichen. Ich komme nicht, um „grösser als" vor deinem Antlitz zu erscheinen, denn in Meinem Unermesslich-Sein ist alles masslos inbegriffen, was Ich Bin und was du Bist in der All-Einheit Meiner Gnaden.

Erwarme dich, erbarme dich an dem, was Ich dir so besage und sei denkend völlig ausgelastet von der schöpferischen Flut, mit der Ich dich im Nu begabe. Es gibt sie noch, die Wirkung Meiner göttlichen Zäsur, die eingreift, wo es Not tut und ermuntert, wo die Dinge stellenweis im Argen liegen. Gebenedeit sei, was dich so beschäftigt ohne Ruh und verherrlicht sei Mein Name, dessen strahlende Gefälligkeit markant und resolut am Himmel steht, um alles um sich her zum Freudenlicht zu führen.

Ich warne die Gerechten, wenn sie sich zu überheben drohen und verwarne die Gefallenen inmitten ihrer Händel mit dem Wort: genug des Haders, kommt zu Mir mit eurer Mühsal, Ich will euch Erquickung spenden, Seligkeit und Ruh. Ihr spendet sie euch selbst, indem ihr um Vergebung bittet und damit erkennt, wie sehr ihr Mich seid in der Seinsgeschwisterschaft, die alles, was da *ist,* durchwebt und in dem Stand der Gnade glücklich macht und seelenvoll, liebreich und zutiefst gediegen.

# 4

# Was die Mitte in sich selber findet

## 4.1

Wer ist es, der da kommt im Namen des Herrn? Ich selbst, auf welchem weder Schwieriges noch Sylphenleichtes lastet in den aberwirkenden Äonen. Mein Bündel ist der Bund, den Ich mit allem schliesse, was da *ist* und was in seiner Geistigkeit mit nichts von allem zu vergleichen ist, was Schwere hat, Vergänglichkeit und sterbliches Erliegen. Was sich in Ideenkraft erfüllt und seine Mitte in sich selber findet, kann weder angetastet noch verunglimpft werden. Sakrosankt ist seine grüne Seite und die Fülle seines Wesens fasst des Alls Bewegtheit in der absoluten Ruh zusammen, die ihm eigen ist als Sein im Sinnen und Erhabensein in seiner geistgesegneten Bravour. Bekenntnis Meiner selbst will Ich Mich nennen, Erkenntnis, Redlichkeit und Seelenstärke immanent, potent und pausenlos an alles Seiende vergeben. Mach dich licht und leicht an Mir und schau dein Weltsein mit den Augen Meiner Güte an, die allem einen Schauer der Glückseligkeit verleiht, was sich in Meinem Reich ein süsses Stelldichein gegeben. Nun heisst es: hier und dort sind Elemente und Kaprizien des einen wunderbar geschmeidigen Kreator Spiritus, des Wirkens Wohllaut und Gepräge sich durch die Äonen zieht in virulenter Wachheit, Seinsbewusstheit und All-Schöne. Taufrisch präsentiert es sich seit immer und verlässt sich auf sich selbst in der Gedankenfolge, wie der Folgerichtigkeit und Anmut seiner Liebestaten.

Vernimm, vereine, lausche und gewähre Ihm Bedeutung überall im unerschütterlichen Jetzt der geistbeseelten Sphären.

## 4.2

Vor Ort ist alles reinste Freude, deren Ich Mir leichterdings bewusst bin in den geisterfüllten Sphären. Mir mangelt nichts, darf Ich hier füglich sagen und dabei betonen, wie reich und richtig Mir die Dinge der Allherrlichkeit fürs Erste präsentiert und dann auch liebevoll und heiter eingeflüstert werden. In dem Masse ist Mir wohl, wie Ich dem Weltenglanz entsagt und abgeschworen habe, ohne jedoch seine Nützlichkeit erzieherischer Art und Weise zu negieren. Ich schwinge Mich hinauf, wo das Bewusstsein reine Unbeschwertheit und Gottseligkeit, Erhabenheit und Grazie des Himmels findet, taufrisch, fürstlich und der Gegenwart der Gottheit angemessen. Da überträgt sich Mir die unerschöpfliche Gestaltungskraft und geniale Selbstverständlichkeit, mit der die Götter ihren Part verrichten und der allerhöchsten Einheit aller Dinge freudevoll zu Diensten stehn. Es ist ein wunderbar gesättigtes Gedankenschwingen, das Mich in die Höhen und die Weiten der elysischen Gefilde führt, die Ich Mir zum Aufenthalt erwählt und anempfohlen habe. Alles, was Ich fühle, ist Allherzlichkeit und Sitte, guter Wille, Wohlgefälligkeit des Seins und überirdische Gerechtigkeit am Leben. Das Mich-Selbst-Empfinden gleitet wie der stille Mond durchs Ätherglänzen liebelicht dahin und empfiehlt sich den Beschauern als ein Objekt der Herzensgüte und Holdseligkeit an sich, in deren Umkreis sich die gottesfürchtigen Geister selig baden. Mählich seh Ich Mich im Sternenglanz verschwimmen, wo Ich Mich im reinen Sein bestätigt finde und damit in der Erkenntnis, dass hier absolute Ordnung und Gewissenhaftigkeit, Übersichtlichkeit und Gottesminne herrschen, denen weder etwas beizufügen noch hinwegzunehmen ist, im philosophischen Geplänkel, das sich um die höchsten, letzten Dinge windet, allesamt in Mir. Damit wird es offenbar, dass Ich Mich des makellosen Fluidums der reinen Fantasie gehörig und verbunden fühlen darf in Meinen Geistesfibern und damit den Preis erhalte, den Ich Mir auch redlich und gekonnt errungen habe. Jeder Aufwall des Gewissens wird aufs Fürstlichste belohnt und jedem Akt des Willens folgt die Auserlesenheit gottseligen Beruhns in einer Art und Weise, die nur den Erhabensten der Geister angemessen ist in ihrem Licht-und-Liebe-Tauschen.

Das ist es, was Ich Mir im ewigen Jetzt ins Sein geschrieben und im Göttersinn verankert habe. Tat und Tugend, Eruption und exquisites In-Mir-Selbst-Beruhn sind Meine Stärke und Mein nie versiegendes, herzinniges und wonnevolles Ideal.


4.3
Wem die Stunde schlägt, dem ist es auserlesen, wahrhaft grandios und lichtvoll, liebeszart und heil zu sein in der verbrieften Heiligkeit der Gottessphären. Froh und fröhlicher darfst du dich fühlen in den Weiten himmlischer Gelassenheit und heiteren Genügens, währenddem dein wahres Sein sich vor dir öffnet und dem ewigen Glanz der Sterne sich vermählt. Dich überkommt das Wohlgefühl der Weiten wie ein Sinngedicht und wie das Nonplusultra allen liebesseligen Verweilens. Du Bist und Bist mit dem All-Einen vollends einig und gesprächig, schweigsam und verherrlicht, licht und makellos vertraut geworden. Es gibt nichts ausser Mir darfst du dir füglich sagen, indem du Mich Bist bis ins allerletzte Detail des Empfindens und der Schau ins Universentum der Sternenweiten. Alles ist in dir und aller Himmelsweisheit Seim ist in der Liebestrautheit des Allherrlichen in dich geflossen. Sowie du überird'sches Einssein in dir fühlst ist alles Recht

und Gut, was dir im Sein und Leben je geschehen, denn es hisste dich hinauf wie ein glückselig Segel in die Seligkeit der Himmlischen, die sich erkraften an der Fantasie wie an der Göttlichkeit, die ihnen eigen. Ohne jeden Makel ziehst du durch Äonendünste, Künste und Gewährnisse dahin, von jeglichem Gewicht befreit und ohne dich im Mindesten zu zieren. Rasch und raschelnd trittst du auf die Szene, wo immer du es nötig findest und mischelst mit, wo sich die Lebensdinge in Gefahr begeben haben. Du hebst hinauf, wo Niederes entstand und füllst die Taschen mit der Fülle deines Seins im allgemeinen Wohl, wie in der Mitte einer Welt von allerhöchsten Gnaden.

Nun gut, es *sei* was *ist* und alles wiege sich in seiner Blüte und Beständigkeit, Gewissenhaftigkeit und Klarheit des Gewissens als in Mir und Meinem universenweiten Alles-Überragen.


### 4.4

Kontakt und Distanz im selben Zuge halten, mag für dich ein unlösbares Rätsel sein, für Meine Sinnkraft aber ist es federleicht zu lösen. Ich delegiere Meine Schwingen an die menschliche Natur, wo sie beim einen positive und beim andern negative Wirkungen erzielen. Hast du gesehn, wie sich die Einen liebevoll und munter aneinanderschmiegen, derweil sich andre spinnefeind sind, weil sie glauben, dafür Ursach und verbriefte Gründlichkeit zu haben. Dabei lenke Ich ihr Tun von hoher Warte aus und lasse das Arom der Güte unaufhörlich in sie fahren.

Möchtest du Gewinn aus Meiner Lehre ziehn, wandle dich zu dem, was Ich im besten Sinn und Seinsgehaben präsentiere. Mein Mantel ist die weite Welt, die Ich mit Sorglichkeit und Wohlverstand bedenke. Lass es dir angelegen sein, Mein

Werk und Meinen Sinnspruch auf's Entschiedenste zu ehren und damit der Allherrlichkeit des Herrn den Vorzug zu gewähren. Du verpflichtest dich, vor aller Augen ebenso wie Ich zu wirken, indem du dich dem reinen Sein dahingibst, um in ihm Trost und Wohlfahrt, Seelensicherheit und Lieblichkeit Elysiens zu erfahren.


4.5
Von langer Hand gediehen, breitet sich vor Meinem Aug die Landschaft aus, die Ich Mir frohen Muts zum Ideal erwählt, wie zur Bekräftigung des Genialen, das Ich Bin, seit Generationen. Ich liebe starken Tobak, wenn es darum geht, Meine Rechte zu verteidigen und so den Sinnspruch zu begründen: scheue niemand und bereite dir ein Fest von Schönheit, Tugend, Jugend und Gerechtigkeit an deinem Seinsgefühl. Wohl dem, der so im Leben sich bewährt und bildet, denn so wandelt er auf Höhenpfaden Meiner Gunst und Wohlgefälligkeit entgegen.
  Nicht von hier und doch in dir Bin Ich der Geisteskräfte Sinn und Zweck, dich bis ins letzte Zellchen zu beleben. Ich erschließe dir, was sonst gemeines Brachland wäre und durchschaue, was du nie geschaut, in deiner so komplexen Feinstruktur. Verbindend und veredelnd ist, was Ich in dir bewirke, und demzufolge geb Ich dir zu wissen, dass du ohne Mich nicht sein kannst in der noch so tatenträchtigen Natur. Beuge dich dem Hinweis, dass du Bist allein durch Mich, das Sein, dem du alles Wohlgeordnete verdankst in deinem Leben. Auferstehn zu Mir ist hier dein nobelster Beruf und, aufzugehn in Meinem Willen und Gefühl, dein Glück und deine allerlieblichste Affäre.

## 4.6

Wortgetreu will ich berichten wie es um Mich steht im sakrosankten Raumgefühl, wie in der Grazie der Ewigkeiten. In wohlbedachtem Schreiten habe Ich Mich dem Unendlichen genähert, das Ich Bin und das Mein Hort und heiliger Bezirk ist, dem Ich Mich aufs Innigste vertraue und der Mich rettet vor der tausendfachen Macht perfider Unzulänglichkeiten. Aufs Köstlichste getragen Bin Ich vom illustren Geist der Wahrheit, wie der Stärke des Gewissens, dass Mein Sein allgegenwärtig, allbereit und gottesgütig ausgebreitet über alles ist, was sich lebendig fühlt und pflichtbewusst und wunderbar gediegen.

Mein Kerngeschäft ist das beständige Entrollen Meines schaffenden Genies: im Weltgefüge, im unendlichen Gedulden an Mir selbst, wie an der hehren Pflicht, in die Ich gütlich Mich begeben. Es lassen sich die Spuren Meiner Tätigkeit von Generation zu Generation zurückverfolgen durch Äonenläufte, ohne dass ein Anbeginn gesichtet werden kann vom unermesslich Vielen. Doch gerade jene Dinge sind Mir heil und heilig, die voll Eifer ins Unendliche stossen. Was kann da liebenswerter sein, als eine Quelle, die im Zeitenlosen sprudelt und ein Massstab, der sich im Unermesslichen verliert. Und das Bin Ich im Allgemeinen, wie im ganz Besonderen in dir und mit der Unerbittlichkeit der Göttertaten. Du hast in dir das Sein, so wie Ich's in Mir selber habe. Du kommst im selben Glanz wie Ich als Geisteswesen und Errungenschaft daher, ebenso wie Meine Unerschöpflichkeit und Rarität, mein Königsduktus und Befehl. Das macht, dass sich schlussendlich Universen um uns scharen, von geisteswürdiger Potenz und von der Grazie, die makellose Schöpferkräfte in sich tragen.

Heil ihrem Wirken und Heiligung der Lebensdinge, die in ihrem Wirkfeld liegen. So ist, was immer ist, ein Hochgebild der wundertätigen Idee, die, ruhend in sich selbst, die lichten Sphären der Glückseligkeit durchweht.


4.7
Das Nebeneinander der Häuser gibt Nachbarschaft fürs Herz. Was einsam war blüht auf zu süssen Zweisamkeiten in der Bucht beseligender Freuden. Alles was das Herz begehrt, entwindet sich der Zuverlässigkeit von Meinem Adel und Befehlen, Meiner Wohlfahrt und Tinktur. Was immer *ist,* erklärt sich aus dem unerhörten Goodwill, den ich universenweit verbreite, um die Seelen aufzuwecken und damit dem Ratschluss des Allhöchsten zuzulegen.
  Das Wort vom Kommen und Vergehn ist bei Mir weder schlüssig noch reell, denn von Meinem Reich ist nur Allewiges zu sagen. Was Ich aus ihm entsende ist unweigerlich dem Untergang geweiht, weil es kein Eigenleben in sich trägt und seine eigensinnigen Ziele nicht auf Meiner Linie liegen. So lebt im Menschentum der Lindwurm der Vergänglichkeit seit seinen ersten Tagen, wo Ich die Erkenntnis seiner selbst mit Blindheit überdeckte, um es zum Suchen des Unendlichen zu bewegen. Erscheint ihm das goldrichtig, kann es getrost in seinem kurzen Erdendasein weitergehn, von Mir geführt und mählich in das Gottesreich erhoben.


4.8
Was nicht ist kann werden was Ich Bin; dies beruht jedoch auf zeitenlosen Definitionen, denen selbst die allergrössten Macher und Magnaten Folge

leisten müssen. Alles Ewige ist in sich selber so gefestigt, dass ihm nichts und niemand Schaden bringen kann in seinem sakrosankten Sein und sicheren In-sich-Verweilen. Getrieben Bin Ich wohl, geschlagen nie, weil über Mir nichts Höheres, nichts Weiteres, nichts Rascheres und nichts Beständigeres existiert.

Willst du dieselbe Schau wie Ich geniessen, so schreibe auf ein Täfelchen: „Ich Bin" und nimms hervor und lies es tausendmal am Tag, bis du vom Hauch des Ewigen gestreift wirst und das Zeitenlose fühlst, in das du dich begeben.

So kannst du dein Gemüt mit Meinen Worten wohlgemut begaben, doch musst du auch den Willen haben, sie innig zu begreifen und den Sinn aus ihrem Wohlklang und Geläut herauszuschälen. Meine Worte wollen dich befreien von dem Illusorischen, in dem du festgefahren bist. Du glaubst, für dich ein Eigensein zu führen, derweil die Gottheit es in dir vertrauensvoll und liebreich führt. Wie kannst du da noch an dem zweifeln, was in deinem, wie in allem Weltensein geschieht? Es ist die Ordnung der von Gott verklärten Häupter, die im Hintergrund die Welt gestalten und regieren, derweil im Vordergründigen die eigensinnigen Gemüter Irrungen und Chaos produzieren. Merk dir das und schwenke ein auf Meine Linie, die zum Rechten schaut und zur Verwirklichung der hohen Ideale, die von Mir zu allen Wesen strömen.

Nimm Mein Wort und hüte es wie einen Schatz in deinem Herzen, um davon zu zehren hier und dort und ständig mehr.

4.9
Erst die Würde, dann die Bürde, kannst du auch hier erwarten. Ich verleihe dir das Sein und damit die

Beständigkeit für alle Zeiten und wünsche von dir auserlesene Gefolgschaft auf der Meisterspur, die Ich dir traulich vorgegeben. Du kannst sie sehn, du kannst sie spüren an den Pflichten, die Ich unablässig vor dich lege und die in *Meinem* benedeiten Namen nach Erfüllung rufen. Wenn du, was von Mir kommt, höher wertest als dein eigenes Verlangen, führe Ich, was du dir Bist, zu Freuden ohne Zahl. Es ist der Blick auf das Gelingen einer grossen Mission, die dich begeistert und zu Mir erhebt in deinen Tagen, deinem Tragen und Dich-so-Verhalten, wie Ich's von dir will, in weisem und gerechtem Über-dich-Verfügen. Du lernst und lernst und lässest es dir wohl sein in der gottgefälligen Erkenntnis, dass du Bist, indem *Ich* in dir als dein Gott und Meister, Tragödienschreiber und Erwecker der Erhabenheit agiere. Das tut dir gut und wandelt deinen Sinn zu dem, den die Verklärten der Allherrlichkeit begeistert in sich tragen. Bestechend wahr ist, was Ich so vor dir verhandle und bedeutender als alles, was das Leben dir bisher vergab. Eine Weihe ist es, die dich in die Geistessphären führt, die Ich seit eh und je verwalte und zum Ebenmass der göttlichen Vernunft gestalte, ohne Mich im Mindesten in ihnen zu verlieren.

Mein Ansatz ist die Fülle reiner Fantasie, über die Ich freiestens verfüge und mit deren Unerschöpflichkeit Ich trefflich Handel treibe, ohne jemals darin zu erlahmen. Meine Welt der wirkungsvollen Ideale ist Mir selbst gemäss vollendet in der Herzensgüte und Gelassenheit, die Ich an alles Sein aufs Innigste verströme. Der Keim der Wonne am Geschehn ist ebenso in ihm enthalten, wie die Liebe zum Gerechtsein gegenüber den Geschöpfen Meiner Gotteswahl.

*Bist* du nun, so kannst du Meines Beirats sicher sein, wie Meiner Tugend, die dich sanft und liebevoll, bewusst und wonnesam ins ewige Genügen führen.

4.10
Was der Eine will, das kann der Andere nicht lassen und so entstehn die Händel in der Welt der eigensinnigen Tyrannen und Verliebten in ihr eignes Wohl. Ich aber stelle Mir voll Sorgfalt und Ergebenheit den Satz zusammen: Ehre, was du Bist, indem du dich an den verschenkst, der deinem Dasein alle Herrlichkeit des Himmels und der Erde hingegeben. Öffne dich und *sei* und lass sämtliche Bedenken über deine Lebenstauglichkeit begeistert von dir fahren.

Ich will, was so geschieht, von Fall zu Fall in deine Hände legen. Demnach sorge du dafür, dass beide rein und edel sind in ihrem Tun und Trachten, Handeln, Transformieren und Erwählen. Ausgezeichnetes kannst du vollbringen, wenn du weise bist von Meinem Weistum und erhaben von der Seinsgeborgenheit, in die Ich dich erhebe. Schreib dir Meine Friedefertigkeit und Andacht ins Gewissen und vermehre, was du Bist, in Sachen Gottgefälligkeit und Güte, Wohlverstand und Bonität den Geisteswelten gegenüber, die dich mild und seinsgedankenvoll umgeben. Kläre, was zu klären ist, durch die bewundernswerte Klarheit deiner Seinsgedanken und bewege dich und damit deine Umwelt sachte und gewissenhaft zum Guten. Zieh die Gottestreue an und winde dich zu dem empor, der *Ist* und dessen Saum zu küssen, deine Wohlfahrt und dein Wonnesein besiegelt, ernst und heiter, froh und wunderbar.

4.11
In Alexandrinern beichten, was dich stört, wirst du wohl nicht versuchen wollen, dennoch suchst du immer wieder, aller Welten Dinge ohne Mich und Meinen Esprit zu erklären. Das rührt daher, dass du nie gelernt hast, in Gedanken aus dir selbst hinauszugehn, um dich in deinem Dasein aus der Ferne zu betrachten. Da gewahrst du dann, wie deine leibliche Struktur ein Eigenleben darstellt, das nicht dir selbst gehört und dass du als ein Geisteswesen existierst und mit Gedanke und Gefühl in deinem Körper wohnst, um dich in ihm als Herr im Hause zu behaupten. Das ist dann für dich der Anfang einer Seinsgeschichte von des Geistes gütesströmender Wahrhaftigkeit, die dir von Mir verliehen ist und die dich dazu anhält, dich mit Meinem Sein aufs Innigste und Liebevollste zu vermählen.

Damit ist dann viel von dem, was du dir hier bedeuten sollst, errungen und es stellt sich dir heraus, dass du im Grund genommen nichts Bist für dich selbst und dass Ich alles, was du darstellst, Bin in wunderbarer Übereinkunft mit dem Weltensein und -sagen. Nichts ist beglückender für dich, als die Erkenntnis von dem Mensch- und Gottsein in der Wirklichkeit von beiden Sphären. Du gewinnst die allergrösste Achtung vor dem was du Bist und machst dich gross und klein zugleich in deinem königlich gewordnen Dasein. Bescheidenheit und Gottgefälligkeit, Erhabenheit und Seelensicherheit sind dir nun zum Begriff geworden für das, was du Bist, wie für dein ewiges Dich-Selbst-Erleben.


4.12
"Kontrolliere dein Verhalten", ist die mächtige Parole, die Ich hinter deine Fersen schrieb, damit

sie dich verfolge, Stund um Stunde, in des Lebens sausendem Betrieb. Was Ich dir bekenne, emergiert aus einer Weisheit, Wirksamkeit und Weitsicht von Äonen, die die Deine haushoch übersteigt und überall das Gute generiert, an dem Mir unbedingt gelegen. Öffne dich, damit Ich deines Wesens Innigkeit in sanften Wogen der Gottseligkeit und Geisteswonne überkomme und dich so zum Zeugen meiner Gottgefälligkeit und Güte stilisiere.

Bist du für Mich bereit, gibt es kein Halten mehr in der bewussten und verklärenden Vereinigung der Geisteswesen, die da *sind* und sich zur Einheit aller Weltendinge und Gewalten finden. In Sonnenklarheit, Seinsgerechtigkeit und wunderbar gesättigtem Erlangen siehst du dich im Nu in die Bewusstheit Meiner Kompetenz und schaffenden Allherrlichkeit erhoben. Auf Götterschwingen ins Elysium getragen, deutest du dein Wohl als ewig dir verliehen und als immerwährende Bereicherung von deinem Seelensein und deinen Geisteswegen.

So senkt sich Himmelskraft und Güte gnädig zu dir nieder und erhebt dein Sein und Sinnen huldvoll ins Unendliche der Sphären. Mach dich würdig für das Auferstehn in *Meine* Gründe und erwirke tatenfroh und heiter, was Ich aus der Fülle der Gottseligkeit in Trautheit, Liebe und vollendetem Genie an dein geliebtes Sein vergebe.


4.13
Ich weide Mich am Überschauen eines Gottesreichs von immanenter Lieblichkeit und Schöne. Auserlesenheit und Geistesfülle prägen, was Ich in ihm Bin und leiste, als Versierter in der Kunst des schöpferischen In-Mir-selbst-Verweilens. Gab um Gabe Gottes hab Ich zu verwalten und gestalten in der Eigenart des Mich-an-Mich-Verschenkens,

hemmungslos, behutsam und gediegen. Attraktiv und friedevoll, anmutig, konsequent und seinsentschieden Bin Ich alleweil in Meiner ehrfurchtheischenden Bewusstheit am allübergreifenden Geschehn. Koordinierend, weitsichtig und final gestalte Ich Mein Universen-Sein nach den Prinzipien der Folgerichtigkeit, der Genialität und des Gestaltens permanenten Friedens. Geistdurchwallte Stille herrscht, wo immer Ich Mich strahlend rein im Sein befinde und den Sinn gewähren lasse, der sich Mir entringt und der sich heiligend in alle Welten spricht von Meinem lebensfreundlichen und heiteren Kreieren.


4.14
Korrespondenz auf höchstem Niveau will Ich nennen, was sich zwischen dir und Mir vollzieht in der Bewegtheit herzensguter Szenen. Du horchst und hoffst voll Sehnsucht und Geduld in dich hinein solange, bis Ich dich im Innersten erhöre und dir die königliche Wohltat Meiner Gnaden spende, in der Geistesoffenheit und Güte die Mir eigen. Mit dieser Geste der gottseligen Vernunft will Ich dir zu verstehen geben, dass es Mir wie nichts daran gelegen ist, mit dir Kontakt zu pflegen, weil Ich das Geschaffene, das du Mir Bist, zur Seinsvollendung führen will in guten wie in jämmerlichen Tagen.

Mit gedämpfter Geistesstimmung spreche Ich dich innig an und übermittle dir in gütiger Vertrautheit, was Ich von deinem Wesen meine in der makellosen Geistkultur, die Ich seit eh und je galant und seelenvoll betreibe.

Nun gut, Ich bin geradezu verliebt in das Bewusstsein, dass du nicht verloren gehen darfst in Meinem götterherrlichen Mich-selbst-Entfalten, auch in dir. Da gilt es, dir das Wachsein beizubringen und die wachsende Begier, dein wahres Selbst zu finden, das Ich Bin und das dein Sein verklären will in wunderbar besonnenen und liebevollen Zügen. Es überstreichen dich von Mir Gedanken des holdseligen Begütens deiner Situation. Meine besten Kräfte wallen in dich über, wenn du bittend vor Mir stehst, und was du da an Lebensmut und Aufgewecktheit, Schöpferwille und Genie gewinnst, das sollst du voll Begeisterung in alle Weiten tragen. Mein Sosein ist für dich ein ausgemachter Segen und Mein Sinn für Qualität befördert, was du Bist, bis zur Erhabenheit der Sterne und zur Erkenntnis, dass in ihnen Gottesgeister und Geliebte Meines Allseins wohnen.


4.15
Konquistoren tragen stolz auf ihrer Brust den Anker als Symbolum für die Stätten, die sie forschen Muts erobert haben. Diese tragen sie als ihr Besitztum in das Logbuch ein, derweil die Unterjochten alle Mir allein gehören. So entstehen massenhaft Konflikte ganz verschiedner Art, die sich zwischen *Meinem* Sinn für Wirklichkeit und deiner Illusion davon ergeben. Dankbar sollst du sein für alles, was Ich um dich scharte, um dir für dein Dasein einen festen Grund zu geben. Doch musst du alles, was du hast, als ein Geschenk betrachten Meiner Huld, Originalität und Süsse.
    Alle Erdendinge kommen und verwehn. Das Sein jedoch behauptet seine Unvergänglichkeit nach Strich und Faden und verleiht auch dir Beständigkeit im Weltenmeer. Bitte überwirf dich nicht mit ihm, denn seine Einzigartigkeit in allem, was da *ist,* ist Legion und kann von nichts und niemand jemals überboten werden. Ahnst du auch in dir ein Allerhöchstes und verneigst du dich vor ihm, erscheint

es dir in seiner ganzen Pracht und Herrlichkeit im Geistessinne und wird künftig nimmer von dir lassen.

Siehe da, Ich Bin und Bin dein Ein und Alles als Bewusstsein, Himmelslicht, Bedeutung und Revier. Du Bist so viel und auch so wenig wie Ich Bin und kostest Meine Güte als Gesalbter der Unendlichkeit und Schwebeleichtigkeit, so wie du's immer willst, unter Meiner Geistschau und Regie. Dass das ein Glück ist, brauche Ich dir nicht zu sagen und ein Freisein ohnegleichen in der Seinserhabenheit, die Ich dir offeriere. Kenntnis deiner selbst will Ich hier nennen in dem Masse, wie du Mich ergänz'st im Weltformat, wie in der Wiege deines Herzens, ewig wonnevoll, vom Sein beseligt, makellos und wahr.


4.16
Kennst du das Land wo die Zitronen blühn? Deine Sinne werten es gewiss als Inbegriff sowohl der Schönheit wie der Wohlbekömmlichkeit im Reigen der Natur, wie in der Anmut ihrer Wesen. Ich hingegen kläre dich darüber auf, wie alles Sinnenfällige vergänglich ist und schliesslich nur das Geistgeborene, in lichterfüllter Unschuld Wesende, urewigen Bestand hat in der Lauterkeit der Himmelssphären. Diese aber sind von Mir ein feingerüttelt Mass an liebevoller Neigung zum Verschenken dessen, was Ich Bin und auf was Ich im Unendlichen beständig zähle. Es ist die selige Vertrautheit mit den Dingen, die Ich Mir erschuf, sowie die Akzeptanz der Eigenwilligkeit, soweit sie Graziöses schafft und Liebevolles im allweit verbreiteten Gedankenarsenal. Damit einher geht auch das Auferstehen der Gerechten Meiner Zunft und Zierde ins Bewusstsein der Allherrlichkeit von Meinen Gnaden. Das ist es, was unendliche Glückseligkeit für

dich bedeutet, sowie du spiegelblank erkannt hast, was du Bist und was dein Wesen in sich trägt an Weltenharmonie, profunder Heiterkeit, Bewusstheit und unendlichem Befrieden.


## 4.17
Lust auf Leben zu erzeugen ist Mein wohlbewusstes Metier an der Grenze zwischen regulärem Brauchtum und unendlichem Empfinden. Es ist ein Spiel von Locken und Bedrängen, das in den Wesen all den Willen fördert, mehr zu sein als vordem und nicht aufzugeben unter noch so ruppigen Bedingungen im angesponnenen Erleben. Warum du Bist, brauchst du am Ende nicht zu fragen. Nichts weiter ist zu tun, als das, was *ist*, zu akzeptieren und daraus das Trefflichste zu generieren im Melange jener Kräfte, die dich still und wild umfluten. Da gibt es einen Punkt im ewigen Wandel allen Daseins, von dem aus sich das Weitergehen lohnt im Hinblick auf ein unermessliches Gedeihen: es ist der vielersehnte Morgendämmer des Bewusstseins, dass du Bist und dass in deinem Wesen Unvergänglichkeit und Gottesminne lodern. Wenn du mich liebst, so öffnest du den Weg dafür, dass Ich dir Meine Weltenliebe schenken kann in unerhört gefälligen Dimensionen. Dein Fortschritt wird sich dann als Gang in Meine reinen Geisteshöhn erweisen, wo sich die Besten und Bewundernswertesten bereits versammelt haben. Sie ziehen dich in Meinem Sinne unentwegt hinan und zeigen dir auf Schritt und Tritt, wie lauter und gekonnt du dich verhalten sollst, um allerhöchste Ziele zu erreichen.

"Vaya con Dios my darling", tönt es dir mit Macht und Wohlgefälligkeit in beide Ohren, wenn du nur aufhorchst mitten in der lärmigen Umgebung deiner

Lebensprälatur. Ich will dir manches Wörtlein leise ins Gewissen sagen, dass du es erfassest und daraus die Schlüsse ziehst, die deinen Wandel heiligen und dich zum Ausserordentlichen führen. Durch stetes Anerkennen Meiner Wünsche -und entsprechendes Verrichten- kommst du nah und näher an den Gottbezirk heran, den Ich, gestaltend und verwaltend, ständig mit Unendlichem verseh. Du lässest dich von ihm durchtosen und liebkosen und erscheinst dir mählich als ein wundervoller Abglanz Meiner faszinierenden Ideen. "Traue und vertraue", lässt sich da noch sagen "und beginne, mitten in der Hast, die Herzensruh zu pflegen." Gottergebenheit und Gottesruh allein verleihen dir den Frieden, den du alleweil zu suchen aufgerufen bist und der sich dir schlussends eröffnet als ein weites, lichterfülltes Freudenmeer.


4.18
Erkühne dich, genau so tapfer und ergiebig, folgerichtig und galant zu sein, wie es die Gottesgeister von dir wollen. Sie tragen dich durch Seinsäonen, wenn du ihrem Wunsch gemäss agierst und, ihren Wahrspruch spürend, alle Hürden leichthin überspringst, die dir das Leben vorgegeben. Ich mache dich zum Richter über deine eignen Taten und verleihe dir das Schwert, mit dem du Meine Werte unbedingt verteidigen und sicher halten kannst mit wunderbar gezielten Meisterschlägen. Komme wer da will, du überzeugst ihn von der Nützlichkeit der Gottesgaben, wie dem Adel der in ihren Tiefen liegt. Meines Segens kannst du sicher sein bei allen Liebestaten, die dir so am Herzen liegen. Denn in ihnen wird dir die verehrenswerte Schönheit allen Lebens offenbar, wie auch die Seinsgefälligkeit

Elysiens, in deren Hauch und Helle, Harmonie und strahlende Unendlichkeit du dich begeben.

4.19
Knapp und gütig trag Ich, was Mich so bewegt, vors Publikum, um seinem Raumgefühl und seiner Sinnkraft neuen Glanz und neue Zartheit zu verleihen. So geschieht, was durch Jahrtausende ohn' Unterlass geschehen muss, dass von den Höhen Weisheit, Gottgefälligkeit und Wohlverstand hinunterrieselt zu den Menschen guten Willens, ihrer Fassenskraft gemäss. Es soll ihnen wichtig werden, zu erfahren was sie *sind* und was in ihrem Logbuch steht für's sachgerechte Weiterleben. Da heisst es: wache auf von deinen Träumereien und erfahre dich als ein Geschöpf der himmlischen Gerechtigkeit und Vaterwürde, von Mir ausgegeben und aufs Allertrefflichste zur Wohlbekömmlichkeit geführt. Selbander mit Mir sollst du durch die Lebensalter gehn, um deinem Willen, wie darin dem Meinen, freie Bahn und Hochfahrt zu gewähren. So rundet und gesundet sich das Spektrum deiner wissenden Talente, bis sie allesamt exakt auf Meiner Götterlinie liegen. Es fügen sich zwei Herren zu dem einen, der Ich Bin und der die Einheit aller Dinge lebt und webt mit einer sonderlichen Eleganz, Weitsichtigkeit, Kapazität und Klugheit, die das Weltgeschehn voll Sanftmut zur Vollendung führen. Das ist wie immer Meines Seins Geschick und Ideal und wird sich auch erfüllen und entzückend widerspiegeln in der trauten Gegenwart der seinsbeschaulichen Gemüter.

4.20
Arrivederci kann Ich füglich und vergnüglich sagen, wenn Ich Meine Augen hier für immer schliesse, denn Ich werde Mich sogleich im Jenseits wieder finden auf des ewigen Lebens makelloser Spur. Meine Geistesglieder wirst du fein säuberlich beisammen finden, um dich in ihrer Ratio in Meinem Sinne weiter zu entfalten, dem Bewusstsein der Allherrlichkeit ergeben.

Dann erkennst du, dass in jedem klar umrissenen Gedanken und Gefühl ein schöpferischer Akt geschieht von nie versiegender Konstanz und Wirkung für Äonen. Welten werden von den Geistheroen so geschaffen, Geistesgründe aufgetan und Liebeshimmel liebevoll entworfen. Hast du das begriffen, wirst du nichts als Schönheit, Seinsgelassenheit und Weisheit generieren, die sich dir zu einem Weltbild öffnen von erstaunenswerter Helligkeit und Heiterkeit, Heiligkeit und unsagbarem Wohl. Es ist der wahre Gottesgarten, durch den du dich in Anmut, Grazie und Seelensicherheit bewegst. Das heisst, du schaust gelassen zu, wie sich die höchsten Geister vor dem Gottesthron in dir bewegen. Andacht vor dir selbst und deinen Seinsbewohnern muss dich da befallen und des Herzens Redlichkeit befiehlt dir, dich ganz klein zu machen vor der Übermacht der göttlichen Geselligkeit, die dich beseelt. Das ist die Definition von dem, was du dir Bist: ein Nichts und Alles in der Geistesschau von Gottes Gnaden und ein Sein von allumfassender Natürlichkeit und Harmonie in namenlos beseligendem Frieden.


4.21
So wie du immer willst, gewähre Ich dir Absolution von deinen niederen Gedanken und erhebe sie mit

namenloser Sanftmut und Behutsamkeit hinauf zu Mir und Meinen lichtgesponnenen Bravouren. Es stellen sich dir Engelwesen vor von reiner Güte und von einer kühnen Anmut, die in einem Hauch von rosa und azur im Äther schimmert, von der Grazie des Ewigen beseelt. Lichtgestalten sind seit eh und je bezaubernd schön und entzücken die Gemüter, die sich ihrem Charme aufs Traulichste ergeben. Liebevolle Klänge rieseln zu dir nieder von den Harfen, die die Himmlischen zu unsagbarem Wohllaut rühren. Musik der Sphären pflegen und kreieren sie und alles was sie sind ist Ausgewogenheit und Heiterkeit, Gottseligkeit und Harmonie. Vertrautheit mit dem Ewigen erzeugt der reinen Liebe Strahlen und beseligt den, der ihrer inne wird in seiner grenzenlosen Gläubigkeit und makellosen Wohlgesinntheit dem All-Ewigen gegenüber, das er selber *ist* und dessen sinnende Gefühle als ein Fluidum von liebevoller Schönheit ins Unendliche zerfliessen.

# 5

# Die Geisteswirklichkeit der Welt

5.1
Kommt dazu, dass *Ich* Mich nie vom Gott-Sein auch nur um ein Quäntchen weg bewege. Du aber hast das Heilige komplett verlassen und empfindest dich als Bürger einer Welt von Unzulänglichkeiten, Krankheit, Missgunst und Vor-Dem-Allherrlichen-Versagen. Da muss in dir das stürmische Verlangen keimen, zu dem zurückzufinden, was du einmal warst und ohne dabei deine Selbstbewusstheit zu verlieren. Da öffnet sich dir das Bewusstsein von der Geisteswirklichkeit der Welt, in der du Bist und deine Normen revidierst zur Tauglichkeit und Seinsbewusstheit Mir und Meiner hellen Hierarchie vertrauensvoll entgegen.

Ich kann dir niemals Gram sein, deiner Kapriolen und Verluste wegen; aber Ich versuche dauernd, deinen Status quo mit neuer Einsicht zu beleben und dir hilfreich und galant zu sein im Gang zu Meinen Geisteshöhn von wunderbarer Schöne und Beständigkeit im Guten. Was Ich von dir will, sind Seinsvertrauen, Lebensliebe, Solidarität mit allen Wesen und Ergriffenheit vom Ewigen, das Ich dir Bin in allen Fasern deiner Ich-Natur. Vermagst du diese Werte zu erringen, siehst du dich als Menschengotteswesen ganz durchtränkt mit Meinen Gütern und von Meiner Liebenswürdigkeit beseelt. Du Bist in alledem, was *ist,* geborgen und erstrahlst in Tapferkeit und Wohlgefälligkeit dem Leben gegenüber. Das ist dann wahre Meisterschaft in Meinem Sinne, die belohnt wird mit Gottseligkeit und Wonne der Gerechten vor dem Herrn und seinen Helfern, das da sind die Scharen auserwählter Geister und Erhabenen vor Meinem silberhellen Thron.

## 5.2

Verkannt zu sein wird manchem Meister zur verhängnisvollen Plage, weil er sich in seinem Ehrgeiz und in seiner Geltungssucht getroffen sieht. Von Mir jedoch ist das zu lernen, dass ein grosser Geist es nicht für nötig findet, von den Geringeren gelobt zu werden. Verwerte du allein, was *Ich* dir Bin, inmitten deiner Gegensätzlichkeiten und du bist dir selbst ein Star der makellosen Redlichkeit und Heiterkeit in Wesensgründen. Ermanne dich dazu, in Meinem Namen stets den ewigen Gesetzen nachzuspüren vor der Welt der Zähneknirscher, Plünderer und leidigen Banausen.

Ich allein kann deinem Menschensein die Spitze nehmen, dass es niemand mehr verletze und darauf bedacht sei, Frieden, Herzlichkeit und Liebe zu verbreiten. So wird ja alles gut im Zeichen *Meiner* Güte, wie in der Wohlgefälligkeit, die Ich um Mich verbreite. Meine Taten sprechen Bände von Vernunft und gutem Willen, Unbescholtenheit und wahrer Meisterschaft im Zug der Weisheit, die Mir eigen.

## 5.3

Damit du siehst, wie gut Ich es mit dir und deinem Hofstaat meine, belebe Ich dein ganzes Sein und Sinnen mit der Fülle Meiner Geistesgaben, die da sind: Erkenntnisse, die deine Seele innig laben und ihr Sein in tadellosen Schritten höhwärts führen, dem Unendlichen entgegen. Mehr und mehr Erfolg wirst du mit der Betrachtung dessen haben, was Ich freien Sinns vor deine Seelenaugen lege. Dein Gemüt wird sich dem Schicklichen und Heldenhaften zu verändern, weil es in Übereinkunft mit Mir handelt und sich Meinen Zügen angleicht, silberhell und elitär. Im Vergleich zu allem, was dich bisher existenziell betraf, geht es hier um sehr viel mehr, weil deine ewige Zukunft zur Debatte steht und deine Evolution ins göttliche Befinden. Im Grund genommen kannst du dich dem Zauber Meiner Worte nicht entziehn, wenn du nur ernsthaft auf sie eingehst und dich in ihnen selbst erkennst als *DER* der zu dir spricht in wunderbar gesegneten Sentenzen. Es ist das sinngelad'ne Sein, das allem innewohnt mit seinen Gütern, seinem Wert und seiner genialen Nonchalance im Pläneschmieden. Sowie du tief gefasst erfährst, wie sehr du Mir und Meinem Anhang gleichst, bist du ins Reich der Unabhängigkeit und Seinsbeständigkeit erhoben. Dein Befinden ist ins Sternenwohl getaucht und deine Findigkeit ist ganz natürlich und gelassen Meiner gleich geworden. So betrifft dich sehr persönlich alles was Ich meine und verlangt von dir präzise Lebensdisziplin, konstante Wachheit, Seinsvertrauen und den Mut, dich selbst zu sein in deines Lebens Wechselspielen.


5.4
Wer so viel bestimmt, wie Ich bestimme, kann sich keine Fehler leisten in des Seins urewigen Quartier. Er ist den eignen Werken ausgesetzt für immer, wie am ersten Schöpfungstage und bekommt die Unruh, wie die blanke Ruh am eignen Leib zu spüren in der Strategie des Einen, der das Allgemeine dirigiert. Erkenne dich als der Geführte in der Welten Mass und Ziel und bekenne, dass gerade du durch deine Eigensinnigkeiten Divergenzen schaffst in Meinem makellosen Planen. Das bewirkt der Weltgeschichte Brausen auf dem winzigen Planeten, dem Ich voller Hoffnung Meines Sinnens Equilibrium und Mein Befrieden sende.
  Merke dir: aus tiefstem Grunde darfst du dich als Gottessohn erkennen und benennen, sowie deine

Wesenszüge makellos in Meines Geists Gefüge passen, denn nichts Ungebührliches kann Einzug halten in des Gottes reinem Reich und Reichtum, universenweit gesehn. Nur das Allerbeste, Heiligste, Verständigste und Angemessenste kann Ich mit Meinem Göttersein vermählen. Es wird ein Staunen und ein Raunen geben, wenn du bei Mir ankommst, über die enorme Leistung und Beständigkeit, Willensstärke und Geduld, die du vollbracht hast in der Aufeinanderfolge deiner Leben auf dem Erdenplan. Ein Verklärter Bist du dann und ein Beseligter von Meiner Art, die Vielgeliebten Meiner Huld in Meinen Kreisen aufzunehmen. Dies ist dir sicher ob der Einsicht, die du dir erringst im zeitlichem Gefüge und ob der Geisteswirklichkeit, in der du dich agieren siehst. Planst du fortan, sind es Meine Pläne, welche ohne jede Aberration zum Zuge kommen. Du Bist in der Einigkeit mit Meinem Wesen makellos im Denken und Gefühl geworden und darfst dich, ohne jeden Zeit- und Raumbegriff, in Meinem Sein und Meiner liebevollen Sinnkraft wiegen.

## 5.5

Ich mache auf und schliesse zu und beides ist Erfüllung Meiner gottgewollten Aktionen. An Meiner Güte hangen alle Wesen Meines schöpferischen Flairs, die dürfen Mir im Allerinnersten vertrauen. Unwegsam sind viele Lande, die sie noch beschreiten müssen, doch mit Meiner Hilfe, Wucht und Graduation ist ihnen unfehlbare Sicherheit und Zuversicht gegeben. Solange du auf Gotteswegen gehst, ist alles gut, was immer dir geschieht und deine Züge müssen eines seligen Lächelns nimmermehr entbehren. Meine Schwinge wacht in Geistesstärke und voll Liebe über dir und lässt noch jede Unbill scheu und schlank an dir vorüberziehn. Die Himmlischen sind deine ständigen Begleiter und die Gaben Meiner Güte laben dich zu deinem Wohl und deiner Wonne mitten in der Zeiten Umbruch und Gefahr. Meine Engel tragen dich auf ihren Händen himmelan und wiegen dich im seliglichen Schweben. Im Dort und Hier bist du aufs Freundlichste bei Mir willkommen, der Ich aller Weltenweiten Träger und Verwalter Bin in guten Treuen und in unerschütterlich bekundeter Gewähr. Du Bist und trittst an Meiner Stelle auf den Erdenplan und was du ihm entbietest, soll ihm Zeichen Meiner Liebenswürdigkeit und Grazie sein in allen weltlichen Belangen. Es ist die Einigkeit mit Mir, die alle Wesen von dir spüren sollen, und sie werden tief beglückt sein, wenn sie dir begegnen. Gehe aus und kehre mit der Anmut der Bescherten wieder, die von deinen Herzensgaben zehren wie von einer Speise nicht von hier. Das macht die Erdenzeiten licht und schön und lässt sie vor dem Gott in Lieblichkeit erglänzen.

5.6
Eine Rarität ist immer unbescheiden mit dem Anspruch den sie stellt, bewundert und geliebt zu werden über alle Massen. So auch Ich. Es kann nicht anders sein, als dass das Niedere zum Höheren hinaufblickt, stehe es auf Hügeln oder präsentiere es sich auf Podesten einer Daseinswirklichkeit, die Bewunderung erheischt im kapitalen Überragen. *Meine* Gründe sind von so unendlicher Manier, dass es niemand wagen kann, das Ende Meiner Hohheit abzuschätzen in dem Geistesuniversum, das Ich innehabe. Somit müssen alle Wesen sich in tiefempfundenem Kotau an Mir vorbei bewegen und kommen an kein Ende, weil

Ich immer alles Bin, was *ist* und weil Ich nicht gewohnt bin nachzugeben.

Hast du eine andre Meinung, schliessest du dich von dem strahlenden Bewusst-Sein Meiner göttlichen Brigade aus und verzettelst dich in Kleinlichkeiten, die dich Meiner nicht gedenken lassen und dich bald in irreale Nöte stürzen und Gefahren. *Bist* du nicht, so bist du nichts in *Meiner* Definition von dem was *ist* im Geistessinne und damit in der Wirklichkeit der Gottessphären. Willst du darben, tue es, doch ohne Mich, der sich in seiner Fülle sonnt und allen Welten Gnade spendet ohne Unterschied von Stand und Rang und Namen. Eben auch die Ausgeschlossenen schliess Ich mit ein in Meiner Liebe Sanktuarium und Meiner Stätte des Erbarmens. Nur müssen sie ihr Antlitz wenden, Meinem zu, das sich an allen Enden finden lässt und sich erbarmt des Ungenügens, das ihm scheu und traulich, lieb und seelenvoll entgegenkommt in seinem Sich-Verbluten.

Vertrauen führt zu Freundschaft und Freundschaft zur Glückseligkeit des Sich-Vermählens in Gedanke, Wort und Taten. Das ist dann, was Ich möchte in der Wesenswelt von *Meinem* Sinngehalt und Strahlen. Das Einige erfüllt sich in sich selbst und darf sich rühmen, Sein vom Sein zu sein in wunderbarer Gleichgesinntheit, Augenhöhe, Geistigkeit, Glückseligkeit und reiner Harmonie.


5.7
Gewaltig übertrieben ist, was viele allen Ernstes von sich meinen. Sie ernten nur, was andere gesät und grossgezogen haben. Diese Anderen jedoch Bin Ich in allen, welche redlich ihren Part versehn und ihr Lebensschifflein ohne Winkelzüge auf gerechtem Kurs und Wohlbefinden halten. Warum so viele

doch an ihrem Ehrgeiz und an ihrer Raffgier innerlich zugrunde gehn ist, weil sie kein Verhältnis zu dem, was Ich für sie bedeute, reflektiert und auch gefunden haben. Durch die Gottesferne spannen sich die Sehnsuchtssehnen und das Herz verlangt nach Liebe, Sorgfalt im Begegnen und nach Mitteln, seiner Einsamkeit und Leere zu entkommen. Da beginnt die Umkehr zu dem Einen, das Ich wohlverhüllt in allem Bin und mit dem Ich suche, was verloren war und finde, was nach Meiner Güte fahndet in der Lebenswelten hochbrisantem Spiel.

Schläfst du, Bin Ich wach in deinem Wesen, wachst du, zeige Ich Mich wie im Schlaf, um dich in deinen Eigenheiten nicht zu stören. Da ist es wesentlich für dich, dass das Eigensinnige in dir entschlafen muss, damit das Allgemeine aufwacht, das Ich Bin und dir zum Führer wird durch deine vielverzweigten Aktionen. Das kreiert Vertrauen - und Vertrauen zeitigt die Erkenntnis, dass da einer wacht in strahlendem Bewusst-Sein über dir. Du wirst fähig, seine Wahrheit und die Fülle seines Lichtes wahrzunehmen und dich in seiner wunderbaren Nähe wohlzufühlen. Es wird ein Bund des liebevollen Miteinandergehns geschlossen und nach dem Auf und Nieder hebt sich dein Befinden himmelan zu dem der *Ist* und der dich in das Heil und in die Heiligung der Seele kleidet. Dann lebst und webst du, was dir frommt und was der Welt zum Zeugen wird von dem, was Ich ihr Bin und in der Herrlichkeit der Geistessphären ewig bleibe.


5.8
Kaltschnäuzig und bewusst versuchen Ahrimans Gehilfen Meine Wesenswelt dem peinlichen Erstarren zuzuführen. Sie klammern sich an schwächliche Gemüter und versuchen, diese unwiderruflich an

das Irdische zu binden. Da toben Myriaden Geisteskämpfe, deren üble Wirkungen das Erdenrund wie eine Krankheit überschatten und ins Maledette ziehn.

Doch ist Mein Sinn wie nie zuvor darauf gerichtet, das Gebannte aufzulösen und die milde Wendigkeit im Menschenvolk zu etablieren. Meine Christuskraft besiegt die Kräfte des Verneinens und öffnet neue Wege für die Gutgewillten in der festgefahrnen Schar. Willst auch du Verzeihung, Gnade, Licht und Seligkeit erreichen, durchströme Ich dein Wesen mit der Liebe lindem Strahl und lass es bebend und erlöst von der Erstarrung auferstehn. Dein Wille kommt dir sehr zu statten, um an Meiner Hand die vielen Tritte hoch ins Grenzgebiet und dann das Unermessne zu beschreiten. Dein Wesen ist dafür geschaffen, im Unendlichen gebührend Fuss zu fassen, um sich zur Vollendung zu entfalten und in Meinem Sinnkreis firm und fabelhaft im Geisteslicht zu stehn. Du lächelst aller Welterfüllung Grazie und Gotteswohl entgegen und versiehst die Deinen mit dem Hinweis auf die Andacht und Ergebenheit, Gewissenhaftigkeit und Seelenruhe, die sie gegenüber Mir entfalten sollen. Damit ist vieles, ja fast alles, wieder gut, was vordem anzufechten war und deine Züge sind geglättet und von Mir gepriesen wie noch nie. Dein Herz schlägt Meinem selig und gewissenhaft entgegen und ergeht sich in holdseliger Freude über das Erreichte, wie über die konstante Nähe zum so viel ersehnten Ziel.


5.9
Auf viele Rechte pochend geht der Mensch von heute durch das Leben, die er von der Umwelt fordert, lautstark und pompös. Er vergisst dabei,

dass er bei Licht besehn nur von sich selber etwas fordern kann.

Was forderst du von dir, will Ich nun wissen? Du wüsstest recht genau, was unbedingt zu tun ist, um dich selbst voranzubringen in Sachen Generosität, Beständigkeit und Tugend, Herzlichkeit und liebevoller Anteilnahme am Geschick des Weltenwesens; stattdessen schliesst du dich im Turm der Selbstsucht ein und verschanzest dich in deinem kleinen Königtum und Wohlgeraten. Ich aber öffne deinen Blick für unermessne Weiten, die durch alle Lande, Wirklichkeiten, Lichtgespinste und Unendlichkeiten gehn. Dein Bewusstsein soll sich schliesslich in Mir finden, der Ich Bin und der bewusst und heiter allem innewohnt, was sich bewegt und ruht, was ruft und brandet, glüht und glotzt, besorgt und locker ist in seinem Sich-Begründen. Atmest du in Mir, ist deines Freiseins Würde garantiert, und würden alle, statt zu fordern, dienend geben, fasste sich die Menschenwelt in eins zusammen wie im Paradies im Wohllaut des Verklärens.


5.10
Windstille herrscht im Geisterland, wenn *Ich* nicht in ihm wohne. Die Wesen gehen ein und aus und können Mich nicht finden, bis Ich wiederkomme mit unendlichem Gebraus, in hunderttausend Winkelzügen. Wer Mich mit Händen fassen will, gerät ins Leere und vergreift sich an der silberglänzenden Idee, die Ich mit Göttervehemenz vertrete: nämlich Meiner Fantasie, an der die Universendinge kräftestrotzend hangen.

Nun geht es darum, dein Bewusstsein mit dem Meinen abzugleichen, damit im weiterführenden Momentum Einheit herrscht und seelevolle Harmonie. Das lässt erahnen, dass du in allem, was da *ist*, Mein Zeuge, Partner und Verschworener zu sein berufen bist von Mir im strahlenden Unendlichen. Sei still vor dieser Perspektive und lass dir von Mir Weltenweisheit ins Gemüte strömen, Geistesadel und willkommene Versiertheit im Gedankenbilden nach der Götter Art und Elegie. Taufrisch muss alles sein, was Ich an dich zum Denken delegiere, denn nur das Augenblickliche kann in Wahrhaftigkeit und würdigem Elan vor Mir bestehn. Elegant und auserlesen ist, was von Mir aufkommt und in Ewigkeit nicht mehr vergeht. Blicke du demnach im Sinnkreis Meiner göttlichen Vernunft vom Jetzt in aberweite Fernen und vernimm darin das Zauberwort "Ich Bin das Gegenwärtige" in überragend eigenständigem Gebaren.

Ich laufe nicht Gefahr, erkannt zu werden von den sogenannten Kennern der Materie, die blutige Materialisten sind. Denn dafür stehts geschrieben: all so lange, wie du Meines Geistes Raum und Raunen nicht in dir verwirklicht hast, bist du nicht Mein und schlägst dich nutzlos und verzweifelt mit Vermutungen herum, die weder Sein noch Sinn besitzen, wie dezentes Wohlgeraten. Demnach ziehe deine Flügel ein und lass dich gutgewillt in Sachen Losgelöstheit und Allherrlichkeit von Mir belehren. Das kannst du dann in Wahrheit süss, beseligend und An-Mich-Bindend nennen in der Seinsphilosophie, die von Mir stammt und zu dir übergehen soll in Haut und Haar und Geisteswirklichkeiten. So geruhe denn, vor deiner eignen Arroganz gebührend zu erröten, wenn du nur den Saum von Meiner Wissenschaft berührst und sei zugleich im Innersten getröstet von der Wucht der Weisheit, die dich damit alsogleich durchfährt. Bist du jemals unzufrieden, melde dich bei Mir und bald wirst du im Hauch, der deine Seele zärtlich überfährt, Beseligung und tiefen Frieden finden. Wie leichte wird dir dann ums Herz und wie vollendet ist dein Weltbefinden, wenn du so dein wahres Sein empfindest als von Mir gegeben und geführt, erwogen und für gut befunden, hoch und heilig, sanft und wunderbar.

5.11
Mangels Anreiz ist so mancher ohne Drall und Duktus, Seelenkraft und Wohlbefinden auf der Strecke festgezurrt geblieben. Hätte er nur Mut gezeigt und weiterführenden Elan im Pläneschmieden nach der Art der Götter und Propheten, wäre ihm das Schicksal des Versagers und Langbärtigen erspart geblieben. Nun heisst es, tüchtig nachzuholen im Fach Versiertheit und Genie, wie in der Zuversicht, das, was *Ich* von dir will, weitläufig und rechtzeitig zu erfahren. Im Grunde geht das federleicht vonstatten, wenn du nur die Gnade hast, dich quasi leicht zurückzulehnen, um das Deine dann von Mir mit Glanz und Glorie zu empfangen. Überwältigend ist, was Ich dir im Zustand der Herzoffenheit und Gottbeseligung besage. Es braucht nicht mehr und auch nicht weniger zu sein, als das was eben *ist* und was die Treue zu Mir fördert und aufs Innigste belebt.
  Fehllos, ewig munter und erhaben ist Mein Sein in der umfassenden Synthese aller Dinge im Allhier. Getrost und heiter kann Ich von Mir sagen, dass Ich alleweil Probleme schaffe nur, um sie mit sagenhafter Eleganz und Deutlichkeit zu lösen. Meine Geisteswirklichkeit ist die bewundernswerte Basis aller Unternehmungen, die *sind* in Sagenhaftigkeit ins Zeitenlose eingeschrieben.

## 5.12

Somit ist klar, dass in Mir nichts verderben kann und keine Wesensblüte je verlöscht und ihrer Anmut bar wird im beständigen Sich-Vorbereiten. Es mag dir eine Hilfe sein zu wissen, dass auch du im steten Aufwind segelst Meiner Diktion und Fürsprach für dein überirdisches Gedeihen. Was dich bindet bist nur du und wenn du endlich einsiehst, wie gefällig Ich dir Meines Freiseins Gratitudine und Vorspann offeriere, kannst du deines Herzensjubels sicher sein in den lobesamsten Tönen.

Mein Prozess des Aufstiegs dauert schon Äonen und läuft nie Gefahr, sich zu verlieren, selbst wenn ihm Unendlichkeit bevorsteht in den Göttersphären. Du bist mitten in den Sog hineingenommen nach vollendeteren Perspektiven und Begünstigungen in des Weltenlebens Wucht und Zierlichkeit, Betrieb und seelenseligem In-sich-Beruhn. Keine Träne geht verloren, keine Mühe ist vertan im Horten von Erfahrungsschätzen, die dich bis zur höchsten Wesensfülle führen, die Ich Bin in allen Breitengraden, die Mir allweit zur Verfügung stehn. Mein Sein ist überall, wo Sichtbarkeiten in die Weltentiefen greifen und noch viel mehr dort, wo dus noch keinen Deut gewahrst in deiner unwahrscheinlichen Beschränktheit auf den Erdenplan. Gestehst du dir das Missverhältnis zwischen deinem Irdisch-Sein und Meinem im unendlichen Agieren ein, so kannst du Hoffnung haben, dich einmal wieder als ein Teil von Mir und Meiner Seinspotenz zu fühlen. Was daraus ersteht ist die Gewissheit des Verbundenseins mit allerhöchsten Regionen, die da *sind* und die dich auf den Standpunkt der Gottseligkeit und Geisteswonne bringen. Du Bist Sein vom Allerbesten, was sich denken lässt und kannst dich rühmen, deines Wesens Unerschöpflichkeit und Götterstil erkannt zu haben. Das ist dann die einzigartige Manier, die dich zuallertiefst befrieden und beglücken kann in deinem Sosein als bemerkenswerter Welt- und Himmelsbürger, dem Verehrung und Salut gebührt als Mein Gesandter und Verwandter, Heimgekommener und ewig Gütestrahlender im unermesslichen Allhier.


5.13
Bist du geschickt, erfolgreich, tapfer und mit Ehrungen beladen, was kann dir da noch fehlen auf der Fahrt ins Menschenglück und vielersehnte Ziel? Das ist Mein Ich, voll Geistesgrösse und unendlichem Gelingen, Meiner Forschheit Drang und Meiner Weltenliebe seligmachendes Umfangen. Du spinnst dich in dich selber ein, derweil Mein götterlichtes Argument das Mich-Verschwenden ist an alle Wesen, Wirklichkeiten und Erhabenheiten, die Ich Mir erschuf. Du brüstest dich mit deiner Heldentaten Wahnwitz, schamlos und verschlagen, derweil Mein Wirkfeld und Momentum Edelmut und Meisterwürde atmet, von Genie und Weltbedeutung durch Äonenzeit getragen.
 Wenn du dir die Sicht auf was da *ist* nicht selbst verdunkelst, magst du in jeder gloriosen Wirkung Meinen Götteranstoss sehn. Doch du geruhst, an dienem eignen Ast zu sägen, der Ich Bin und der dich trägt in selbstverständlichem Gehaben.
 Was ist wahrer Mut, wenn nicht, dich selber aufzugeben, um in Meinen Diensten firm und gläubig, hochgeachtet und gewandt im Lebensgrund zu stehn? Ermanne dich Mir zu und du darfst dich zu den auserwählten Menschengeistern zählen, die vom göttlich Guten und Erhabnen was verstehn. Von Monologischem muss es zu hellen Dialogen zwischen dir und Mir im Geistesfeuer kommen, strahlenden Bewusstseins und beglückenden Ge-

nesens deinerseits vom Illusorischen, in das du dich begeben. Es ergeht an dich die mahnende Gebärde, dass du deinem Sein das Meine einverleiben sollst, mit allen Konsequenzen und Begünstigungen, die daraus für dich und deinen Wohlgehalt erstehn. Es macht dich frei, an Mich gebunden und mit Mir vermählt zu sein und stürzt dich in einhelliges Entzücken allsogleich wie du erkennst, dass Ich dich Bin im Zuge Meiner gottbegnadeten und überwältigenden Dispositionen. Kannst du ermessen, was es heisst, sich in solch komfortabler Lage und Gewissheit zu befinden? Ist es dir klar, dass damit alles Rätselraten um dein Wesen ein zutiefst beglückend Ende findet im Allhier. Deine Würde ist die Meine und dein Wesensaufwall Meiner Gottheit Bild geworden. Belebt bist du mit Meines Odems heiligem Arom und bist in Meinem Geiste wohlbewahrt für Ewigkeiten. Pflege das Bewusstsein der sublimen Kunst *zu sein* und verströme dich gewandt und liebevoll in Meine Universenweiten.


5.14
Mime nicht den Mimen, wenn du seine Rolle nimmer spielen kannst. Versuchst du's dennoch, muss Ich dir aus erster Hand eine resolute Schelte und Berichtigung erteilen. Tüchtig lernen sollst du, deines Gegenübers Art zuinnerst zu erfassen, damit du jede seiner Äusserungen recht begreifst und dich mit ihm aufs Angenehmste und Beförderlichste unterhalten kannst. Auf dieselbe Weise soll es auch mit Mir geschehn, der Ich dein Gegenüber ebenso, wie deine Innheit Bin im überwältigenden Weltgebahren. Das magst du dann Erkenntnis deiner selbst durch Welterkenntnis nennen und im Rück-

schluss: Welterkenntnis durch herzinniges Dichselbst-Erfahren.

Meide, was du nicht durchschaust und lerne schauen tief in Meine Geistesgründe, wo dein Wesen Urständ feiert und wo Ich Mich dem Deinen als der Allem-Immanente offenbare. Daraus resultiert ein Freudenfest mit überwältigend gelockerten Gefühlen und mit einer Wonne ohnegleichen am geliebten Sein und an der Einheit aller Dinge im Allhier.

Merke dir, dass Ich wie eh und je bestrebt bin, Meine Tiefen auszuloten, um dabei neue Werte und Facetten, Graduationen und erbauliche Verdienste zu entdecken. Das macht Mein Wesen reich und schön und liebenswert und lädt dich dazu ein, Mich als dein Vorbild zu betrachten. Ewig rein und heiter, unantastbar und beschaulich Bin Ich Mir das Wesen einer Hochkultur von eminenten Gnaden und von einer Wucht der Genialität die ihresgleichen sucht. Nicht umsonst sind Meine Taten königlich und sakrosankt zu nennen und Mein Auftritt götterherrlich und verschwenderisch nach Noten. Musiziere Ich, so sind es aberviele Instrumente, deren köstliches Zusammenspiel das Ohr entzückt und alle Herzen höher und beschwingter schlagen lässt im aufmerksamen Auditorium. Ich Bin wie einer, der sich gewiss ist, was er kann und dessen Können jede Ahnung haushoch übersteigt, die du dir bilden könntest in des Seinsgedankens Wohlbewahren. Trage dich ins Buch der Aspiranten ein, die unaufhörlich von Mir lernen wollen, wie man *ist* und wie die Dinge im Unendlichen liegen. Allmählich wirst du sie zutage kriegen und etwas von dem Übersinnlichen gewinnen, das du Bist und das dein Licht und deine Wahrheit ist in grandiosen Zügen. Auferstehn zu dir und Mir heisst die beglückende Parole, deren Klang dein Herz zum

Singen bringt und dein Gemüt in eine Freudennarretei versetzt von abertausend Gnaden.

5.15
In holder Anmut scharen sich die Geister der Glückseligkeit um deines Wesens seinssubtile Mitte, um dich ins wahre Leben und Gedeihen einzuführen. Du Bist, wie alles Existierende, ein Bild von dem Gedankenbilden, das Ich pflege. Meine Meisterschaft besteht im richtigen Zusammenfügen der komplexesten Strukturen, die Ich Mir erdacht und ins Weltbewusstsein ausgesungen habe. So bist du Mein Lied und Meiner Melodie Erfahren, bist Meines Wesens Aperçu und Glorie in Reinkultur. Hast du das begriffen, greifst du mit Mir in die Pracht der Sterne universenweit und kühn, selbstbewusst, manierlich und erhaben und gestaltest und gewaltest was Ich will in ständigem Vermehren. Aufgeräumt und in das Sein verwoben wese Ich in voller Friedefertigkeit dahin im Geiste der Allherrlichkeit, wie in der seelenvollen Himmelsharmonie.

5.16
Wer ist bekannt in seinem Reiche? Du dir selber, ohne dich zu kennen; Ich hingegen weiss genau, was Ich hier Bin und was die Wesen vor dem Gottesthrone von Mir halten. Rabenschwarz ist die Bilanz von deinen Heldentaten, derweil die Meine sich in Blütenkreisen präsentiert in duftender Natürlichkeit und hellem Überragen. Nun gilt es, dich zu allererst für das Vertrauen in die Sache zu gewinnen, die dich von deinem illusorischen Geplänkel lösen kann in wunderbar bemess'nen Meisterzügen. Das bringt dich schon auf eine Ebene von höherer Empfindsamkeit dem Guten

gegenüber, das Ich Bin, wie auch von einer Wachheit ohnegleichen in Bezug auf Meiner Worte Silbenstrahl.

Bist du so weit gediehen, dass du, lauschend, was Ich dir besage, auch verstehst, kann Ich dich mit Weisheit Meiner Art herzinniglich bedienen. Entwickle nur was Mir gefällt, will Ich dir noch raten, denn die Stunde kommt, wo Ich genaue Rechenschaft von dir verlange über die Motive, die dich zu deinem jämmerlichen oder seinsgerechten Tun bewegten. Ich Bin gut an sich, du musst es noch erkämpfen, damit du Ruhe findest, wonnevoll in Mir.

Sein heisst, dich auf das Verlassen was du Bist und Mir mit dieser Haltung einen Liebesdienst erweisen. In der Einheit aller Dinge wird auch dein Verhalten mitgezählt und das darf seine Mission auf keinen Fall verfehlen. Weltenharmonie ist sehr gefragt und angesagt in Meinen Gründen, wie in deinen, denn nur in ihrem Flair und Fluidum kann dir's so richtig wohl sein, über deine engen Grenzen weit hinaus, in Himmelsseligkeit, dezenter Seinsbehutsamkeit und namenlosem Herzensfrieden.


5.17
Qualität und Power sind zwei wesentliche Attribute Meines Seins im Wunderbaren. Sie erscheinen an der allerersten Stelle Meiner Fähigkeiten, Mich ins Wirkliche der Welt zu stossen und Ideale darzustellen, die von Genialität und Würde, Makellosigkeit und Schönheit was verstehn. Allumfassend und befriedend ist Mein Gang durch die Äonen schöpferkräftigen Agierens, ohne je an Ruh und Resignation zu denken. Viel mehr steigert sich Mein Einsatz im Kontinuum von zeitlichen und räumlichen Erweiterungen bis ins Unendliche, das Ich

Mir Bin seit immer und für ewig im gewaltigen All-Hier.

Kein Jota ist zu ändern an der Strategie des unermess'nen Mich-Verschwendens an die Wesen und Symbole Meiner Kunst zu sein - und allen Meinen Stempel der gottseligen Bewusstheit einzuprägen.

Somit bist auch du auf bestem Wege, eine strahlende Figur im Kosmos Meiner Gegenwart zu werden und dabei zu wissen, dass du ohne Mich nicht einen Hauch von einer Chance hast, zu überleben und deinen Eigensinn zu pflegen in der Grossmanier, mit der Ich alle Meine Unternehmungen zu einem einzigen zusammenführe. Licht vom Lichte ist Mir alles, was da seine Lebenskreise zieht und Wunder über Wunder darstellt in der Feinheit, Reinheit, Heiterkeit und Tugend seines Existierens. Allein Mein Sein bestimmt das Werden und Vergehn im Geistraum Meiner strömenden Gedanken und Gefühle, die von Meinem Aberwillen in Bewegung und Bezug gehalten werden. Es gleitet Meine Rosenwölkchen-Zärtlichkeit im Augenscheinlichen dahin, den Morgendämmer zu verschönen. Aus Elementenkraft und Licht geboren, tragen sich die Sonnen myriadenfältig durch den Nimbus Meines Gegenwärtigseins dorthin, wo sie sich seinsspontan befinden werden. Es glitzern die Atome Meiner Selbstverständlichkeit im Minikrimen, das sie *sind* und das Ich Bin in ihnen. Umfang und Rendite Meines Daseins sind unendlich grandios und unerreichbar von den kühnsten Spekulationen. Von Mir jedoch sind selbst die fernsten Fernen und die nächsten Nähen seinsbewusst durchdrungen, der Ich in Mir Bin mit allen Implikationen und Gestaltungen, die Meines Seiens Seele, Sicht und Adel offenbaren. Dabei Bin Ich Mir nur am Rande, was du *wirklich* nennen magst in deinem Wähnen.

Das Wahrhaftige jedoch ist Meines reinen Seins unendlich wohlbehütete und wonnevolle Wesensruh im Geisteslichte das Ich Bin und das sich als Allherrlichkeit und Liebeszartheit, Harmonie an sich und Seins-Glückseligkeit erweist im Wunderbaren.

5.18
Koryphäen kosten in der Regel schrecklich viel, doch will *Ich* selbst in diesem Fall ein fabelhaftes Beispiel statuieren, indem Ich Meine Götterweisheit den erwartungsvollen Seelen gratis offeriere. Billig, aber anspruchsvoll ist, was Ich gütlich unters Volk verbreite, offenen Gemütern zu. Euer Leben ist ein Traum, versuche Ich zu sagen, aus dem ihr aufzuwachen habt zur freudigen Erkenntnis eures wahren Selbst in wunderbar verständnisvollen Zügen. Das ist dann zugleich Welterkenntnis, wie sie leibt und lebt in Mir und Meiner geistigen Verfassung, die im Erdengrunde wurzelt und sich strahlend ins Unendliche erhebt. Wem Meine Göttlichkeit etwas bedeutet, der geselle sich zu Mir und Meinen Äußerungen, die aus tief verborgner Quelle sich ans Licht des Tages drängen.

Dazu bist auch du berufen, aus dem innigen Begreifen Meiner Worte – Taten abzuleiten von bewundernswertem Renommee, die allesamt zu Meiner hehren Stätte weisen. Denn wo *Ich* Bin, transzendiert das Menschenweltliche ins götterlichte Wohlgeraten und erfüllt sich durch die Gnade des Allhöchsten, der Ich Bin, mit der Erkenntnis der profunden Einheit aller Dinge im Allhier. Damit bist auch du in das Bewusstsein deiner Göttlichkeit erhoben und erfährst, was Ich dir Bin: Das liebevolle Medium des Allumfangens, das bestrebt ist, deinen Sinn zu weiten bis ins Unendliche hinein, um dir darin dich selbst zu zeigen als aufs Innigste vermählt mit Mir und Meinem Mich-Begründen.

Du Bist Mein Geisteshauch und Meine Güte, Meines Seins Salut und unerschöpfliches Genie in deinem Langen nach dem schöpferischen Duktus, der den Seinsverklärten eigen. In diesem Reich und Reichtum ist dann alles würdig, liebelicht und schön; elysisches Entzücken strömt durch dein bewusstes Anerkennen dessen, was du Bist in Mir und Meinem grandiosen Alles-Überragen. Mensch und Gott Bin Ich, darfst du in diesem Zustand freudestrahlend von dir sagen und darfst das beim Namen nennen, was Ich seit aller Zeit mit dem Allmenschlichen erreichen will: den Aufstieg zu den Geistessphären, die da *sind* von göttlicher Natur und von der reinsten Wonne des Sich-Selbst-Erlebens. Trifft das für dich zu, so hast du das erreicht, was Ich mit deinem Sein erreichen und errichten will in einer wunderbar gesegneten Geburtenfolge durch ereignisvolle Generationen.


5.19
Mit Gewalt ist bei Mir gar nichts auszurichten, denn die sanfte Süsse Meines Dich-zum-Ziele-Führens ist unbeschreiblich liebevoll und morgenschön. Wer immer mit Mir händelt muss gewärtigen, dass Ich ihm keinen Widerstand entgegensetze, so dass sich seine blinde Wucht ins Nichts entlädt und er sich selbst zu Fall bringt im rasanten Ungenügen.

Niemals sollst du vor Mir aufbegehren, sondern Meine Taktik sagenhafter Sanftmut ehren, die von generationenträchtiger Geduld geprägt ist in entzückenden Manövern und verehrenswertem Wohlgeraten. Was Ideen sind, brauch Ich dir nicht zu sagen, doch Meine haben eine Art sich durchzusetzen, die Beifall und Bewunderung im höchsten

Mass verdient. So wie ein tropfend Wässerchen sich gegen steingewaltige Blockaden durchsetzt, setze Ich Mich jedem Widerstand mit unnachahmlicher Geduld und gutem Willen liebevoll entgegen, bis er in sich selbst zerschmilzt und, völlig ratlos, Mich gewähren lässt in Meinem Seins-verfügen. Ich breche die Gesetze, die du vor dich hinstellst, mühelos, indem ich sie wie ein gefällig Sommerwindchen lind umströme, Meinem anvisierten Ziel entgegen. So erreiche Ich, was rechtens ist, mit Nonchalence in elegantem Über-Mich-Verfügen und bezaubere die Geister der Gewalt mit auserlesenem Mir-Selbst-Genügen.

Vor den Toren Meines Reiches hast du den Beweis der Demut schicklich abzulegen, damit ein-für allemal die Positionen festgehalten sind, die zwischen uns zu gelten haben. Zugleich aber lege Ich dir alle Meine Werte liebevoll zu Füssen, damit du sie ergreifen mögest wie ein lichtes Kleid, das dich umwallen wird in geistgefärbten Tönen. Geist vom Geiste wirst du sein in Meinen Räumen, Licht vom Liebeslicht in Meiner Prälatur und wirst, als reine Seele, wach und würdig von Mir träumen auf der wonnevollen Götterspur.

So gilt es mehr und mehr für dich, den Weg zu Mir zu finden im Bewusstsein Meiner steten Gegenwart in dir. Es ist ein Deine-Eigenheiten-Überwinden in des kleinen Seins Revier, um das Abergrosse zu gewinnen, das sich in Allweiten dehnt, derweil dein gottgesegnetes Besinnen sich mit Meiner Schönheit und Erhabenheit versöhnt.


5.20
Watch die Zeit am Uhrenbändel, schau was los ist in der Welt und befiehl dich Gott, damit du nicht zermalmt wirst von den Strategien, die nur *sich* im

wachen Auge sehn. Ich trage vor, was zu beachten ist im täglichem Verkehr mit hochbrisanten Gütern der Gefahrenklasse A, damit kein Unheil dich befalle und dein Weg geradewegs in Meine Arme mündet an der Ewigkeiten Tor.

Es ist das Unbekannte, das dich daran hindern mag, die Schwelle in Mein Reich zu überschreiten oder bloss die Trägheit, deren Süsse du geniessen möchtest, folgenschwer. Doch Ich sage dir: da gibt's kein Halten, weil die Seele dein Gewissen ständig aufrührt zur bewussten guten Tat. All so schleuse Ich dich in den Zyklus der Beweglichkeit und Wohlgesittetheit im Leben und halte dir vor Augen, welche Stunde dir geschlagen hat in den gemeinen Zänkereien, welche dich bedrohen, genauso wie den Wohlbekömmlichkeiten, welche dich zur Narrheit und zum Schlendrian verführen.

Es gibt sie noch, die klar verständlich formulierte Definition der Lebeweise, die von Gewissenhaftigkeit und Ethik was versteht und die sich unablässig mit dem Sinn des Seins beschäftigt, als dem Höchsten das man tun kann in den Daseins-Perioden. Das befördert deine wahre Einsicht ins allweltliche Getriebe und versetzt dich in die Lage, zielbewusst und lauter, sorgenlos und guten Mutes deine Meilen abzuschreiten. Zuallererst muss deine eigne Welt in bester Ordnung sein, bevor du einer andern dich als hilfreich und beförderlich erweisen kannst. Mählich hörst du auf, das Mangelhafte und Verwerfliche zu kritisieren und geruhst, vor deiner eignen Tür zu wischen im Bestreben, seinsgerecht und kunstvoll, wahrhaftig und bewundernswert durch deine Lebensfelder zu spazieren. Es sind die Meinen, darf ich dir verraten, denn es gibt nichts ausser Mir soweit du schauen und dich informieren magst. Alles ist dem Schöpfergeistgedanken zuzuordnen, was da *ist* und alles was da lebt und wischt und zischt und Punkte sammelt, ist von Mir ein Zeichen der Beständigkeit, Urwüchsigkeit und Grazie der Auserlesenheit, mit der Ich dich und alle Welt behandle, um ein gutes Resultat und Resümee, Fazit und Ende zu erzielen.

In Mir ist alles Wohlbewusstheit, Fortschritt, Fabelhaftigkeit und Frieden. Die Leinen sind gelöst und Meine Flotten segeln frohgemut und heiter übers Meer der guten Hoffnung dem verehrten Morgenlicht entgegen. Das Erfahren Meiner selbst bringt alles auf den Punkt der Gottgefälligkeit und Makellosigkeit, mit der Ich Mir die Kränze winde für den Sieg in allen Sparten der profanen Kompetition, wie der Geistesabenteuer, die Ich täglich würdig und gekonnt, dienstbeflissen und erbaulich zu bestehen habe. Schliesslich Bin Ich Mir das sakrosankte Medium der Seinserfülltheit durch die lichten Ewigkeiten, die Ich ständig und inständig propagiere. Das endlich macht das Dasein süss, salut und delikat in grossen wie in minikrimen Zügen, die zu absolvieren sind voll Lebenslust, Bewusstheit, Heiterkeit und Seelensicherheit im erstrahlenden Allhier.


5.21
Agieren bringt dir ungleich grössere Rendite, als des Reagierens Hintennach- Gehinke in der augenfälligen Arena deiner Menschentaten. Ohne Zweifel ist das überlegte Vorwärtsschreiten auch Mein verehrenswerter Stil. Ich schaue hin und handle; die Dinge die zu tun sind, kommen Mir entgegen und, aufs Trefflichste vollendet, lasse Ich sie wieder hinter Mir. Gedanke fügt sich an Gedanke, Überlegtheit wird zur Überlegenheit in Meinem Kräftewallen und bezaubernden Agieren. Blitzgeschwind weiss Ich die Situation zu Meinen Gunsten, wie zu

deinen, zu verändern, wenn du dich bewusst um Hilfe an Mich wendest. In solchen Fällen neigt sich deines Schicksals Bahn und Bug dem Weltenschicksal vehement hinzu und beginnt, sich diesem bis ins kleinste Detail anzugleichen. Auf Genauigkeit und Wesenstreue kommt es bei Mir an, wie auf das trefflichste Zusammenwirken, besonders in der Stunde dräuender Gefahr. Mein Ansatz ist dem Götterlicht entsprungen, das Ich Bin und das in dir Vertrauen schafft, Bewegung und Bemerkenswerten Nutzen an der Zeit, die Ich dir zum gewissenhaften Handeln vorgegeben. Mein Sinnen weiss in alles Wirkliche den Sinn hineinzuprägen, der die Evolution begünstigt und das Niveau der Begünstigten bis ins Unendliche erhebt. Es ist ein Wachsen in dir, dem Unendlichen entgegen, das Erfüllung bietet, zartes Glücksempfinden und beseligendes Wohl. Bist du in Mir, vereinen sich die Lebenskräfte zu der einen wunderbaren, die sich Sein nennt und in der sich alle Weltendinge aufs gediegendste vollenden.


5.22
*Ein* Macher ist Mir lieber als zwölf rüstige Propheten dessen, was zu tun sei, in den drallen Weltbetrieben. Zündenden Ideen steh Ich immer wohlgeneigt und mutvoll gegenüber und beeile Mich, sie unterstützend anzutreiben, bis zur Vollendung ihrer glänzenden Struktur. Ich Bin so frei, im Vielerlei der aufgeworfnen Fragen nur die Eine, doch Entscheidende, zu stellen: geht das, oder geht es nicht? Dann wird das Projekt verworfen oder sogleich mit Elan und Kunstsinn, Können und erwiesner Meisterschaft realisiert, damit ihm dann kein Haar gekrümmt wird von den Besserwissern und Proleten.

Wem *Ich* die Stange halte, kann sich rühmen, mit dem besten Coach der Welt im Bund zu sein, der niemals resigniert und massenweise erste Preise generiert. Bist du Mir wohlgesinnt, so Bin Ich es dir gegenüber noch viel mehr und beeile Mich, die besten Kräfte auf den Plan zu rufen, die schlussends dein Werk zur Überraschung aller als das Beste, Makelloseste und Zauberhafteste erscheinen lassen.

Du brauchst dich wahrlich Meiner nicht zu schämen, denn es gibt Niemand auf der Welt, der weiser, wohlbegüteter, dynamischer und liebevoller wäre, als gerade Ich, der wissend und getreu zu denen steht, die ihn von ganzem Herzen lieben. Willst du einer von den ihren sein? Dann durcheilt den Geistraum, der Mein eigen ist, die frohe Kunde vom Erscheinen eines neuen Sterns am Horizont der Hoffnung auf Bewährung im gottbegnadeten, goldschimmernden Sternenmeer. Denn, gehst du in Mir auf, so kannst du nimmermehr versinken und lebst fortan, mit der Gloriole Meiner Zauberkraft bekleidet, in des Seins Bezirk als funkelnagelneuer Solitär. Makellos ist deine Güte, reizend, was du Bist, als Ideal der göttlichen Vernunft, die dich geschaffen. Denn im Allhier ist alles wohlgelungen, sattelfest, bibliophil und wohlgemut in sakrosankten Zügen. Freiheit herrscht, Gedankenfülle und unendliches Verlangen, sie voll Tatkraft und Begeisterung ins Wirkliche zu tragen. Mein Geist herrrscht überall, wo sich Geniales anbahnt und mit Sicherheit den Weg zur gütestrahlenden Vollendung findet als in Mir, dem Einen, unteilbaren Sein, das Ich voll Wonne Bin mit dir und deiner gottgesegneten Präsenz im Wunderbaren.

# 6

# Träger weltenschaffender Gedanken

6.1

Was du im Unerfahrenen erfährst, Bin Ich, der Träger weltenschaffender Gedanken und Behüter dessen, was sie wunderbar zum Ausdruck bringen. Ein Gedanke Gottes soll Ich sein, wirst du nun fragen? Jawohl und zwar ein köstlich ausgefeilter und myriadenfach bewährter, in des Lebens ausserordentlich komplexer Prozedur. Da gilt es, meisterhaft zu arrangieren und zu kombinieren, was sich ohne Aufsicht ins Chaotische verhaspeln und verlieren würde. Das Weltgeschehn verläuft recht unbedacht im Spiegeln dessen, was Ich Bin und muss von Mir auf Trab gehalten und in rechte Bahnen eingemittet werden.

Indem du denkst, denkst du in zweiter Hand den Gottgedanken weiter, dessen Qualität Ich dir verbürge, dem du jedoch deine Hochgemuthheit und Empfindsamkeit, Redlichkeit und Herzensgüte beizufügen hättest in der Lebenstage Glut und Stuckatur. Unreife und Versuchungen verderben dir wie Mir den Brei, den wir uns gütlich angerichtet haben. Nun gilt es, lernend und Verpflichtung fühlend, das Erhabene und heilsam Wirkende in Ehrfurcht vor dem Sein und seinem Sinnen zu verrichten, damit die Welt in ihrer wohlbedachten Schöne und Glückseligkeit erglänzen kann durch alle Ewigkeiten Meiner geisterfüllten Bonität und Bürgschaft für die Meinen.

Bist du ein Verständiger der Dinge, wie sie *sind,* geworden, trifft dich Meiner Seinsverklärung glorioser Strahl und du bist allsogleich vom Zauber der Gottseligkeit ergriffen. Deine Welt ist rein und gut, beglückend und reell in Meine, universenweite, aufgehoben und entspricht aufs Allerschicklichste der genial gefächerten Idee, die Ich seit allem Anfang von ihr in Mir trage. Übergleite in gottseliger Manier mit Mir das unerhört Gefällige, das *ist* und labe dich am Anblick der ins All gebreiteten und alles, was da *ist,* durchschimmernden, geheimnisvollen Gottnatur. Sie liegt dir heil und heilig vor den geistgeöffneten, aufs Zärtlichste beseelten, Augen und überzeugt dich von dem Überwältigenden, das Ich Bin und das dir wohlgefällig ist, gekonnt und liebevoll im Wunderbaren.

6.2
Konstant sein ist unleugbar mit der Tugend der Beharrlichkeit verbunden, die in Meinem göttlichen Kalkül niemals ins Wanken oder Stocken kommen kann. In Mir Gefasstes wird die Fassung nie verlieren, der Bestimmung Zugewandtes *Meiner* Provenienz wird sein Angesicht zu keinem andern Ziele führen. Das gerade ist Mein Seinsprinzip, derweil das deine sich gekünstelt um die Wahrheit schlängelt, um sie galant ins Lügenhafte zu verkehren. Das Lichte jedoch tritt dem Finsteren entgegen und deckt auf, was unbotmässig war. Dämonen haben es in sich, Gutgläubige zu Fall zu bringen und so heisst die rettende Parole: Halte dich an Mich, wo die Verführung knistert und sich Pferdefüsse zeigen. Mein Wimpel flattert in der Brise der Gerechtigkeit am Leben und zieht aller Würdigen Blicke unverwandt zu sich empor, um sie im himmlischen Azur aufs Wunderbarste zu befrieden.

Mein Sein erfährt sich selbst im Unergründlichen und gestattet sich, in ruhiger Gestilltheit und Erhabenheit zu weilen. Was *Mir* frommt, soll allen, die dieselbe Einsicht pflegen, frommen, womit sie den Olymp ersteigen, der den Göttern vorbehalten ist in der bewährten Topographie des Seins von Meinen Gnaden. Bewährst du dich im Licht von Meinem Lichte, lass Ich Mein Gezügel von dir fahren und gewähre dir die Freiheit der Gerechten, welche wissen, was sich im Titanenreich der Göttlichen gehört. Du *Bist* und webst Beschaulichkeit ins Weltenstöhnen, deine Absicht fliesst in Makellosigkeit dahin, um Reinheit, Redlichkeit und Treue zu gebären. Die Liebe zu den Meinen hüllt dich in den Blütenduft von unvergleichlichen Aromen und versetzt dich in den Taumel der Glückseligkeit am Sein in Wahrheit, strahlender Bewusstheit, Liebenswürdigkeit und Harmonie im Wunderbaren.


6.3
Klugheit, Heiterkeit und unendlicher Frieden beseelen Mich in Meinem Sein der wundervollen Weiten. Was Ich leichthin akzeptiere ist das Ungemach der Welt, das Meine Füsse überspült und nimmer weiter reicht in seinem Wüten. Ich aber Bin Mir der erklärte Freund des übersinnlichen Erscheinens wahrer Güte und Gerechtigkeit am Leben. Meine Tugend ists, mit allem, was da *ist,* zu immer neuen Höh'n emporzuschreiten, mit immer neu errichteten, bedeutungsvollen Perspektiven. Mein Potential erlaubt Mir, unbegrenzte Stärke zu beweisen und Mein Stürmen fegt jedwelches Ungebührliche hinweg, auf Nimmerwiedersehn. Dann steh Ich da als einer, der sich als prägnant und tüchtig, lebensmutig und kulant erwiesen hat in allen seinen Angelegenheiten und Verschnörkelungen der Geschehnisse im Leben. Meine Zierde sind die vielen aufgelösten Gleichungen, die Meinen Weg sinnstiftend säumen.

Was Achtung zeitigt und Genie gebiert, ist Mir in Hand und Herz geschrieben, was immer aufhellt zur Gewissheit des unendlichen Verklärens, kommt von Mir in wunderbar gesegneter Brillanz einher. Entscheide, ob du's fassen willst, was Ich dir ohne jeden Vorbehalt entbiete, oder ob du lässig deinen Eigenheiten frönen willst, in der Lebenszeiten fragendem Vorübergehn?

Ich dränge nicht und lasse Mich nicht zur Entscheidung drängen, denn Ich habe längst entschieden, was Ich will und was dem Ruf genügt, den Ich Mir aufgebaut und eingerichet habe. Mein Polster ist von süsser Weichheit ein Idol und die Ruh vollkommen, die Ich, vollends dahingegeben, auf ihm pflege. Wirkungsvoll wie nichts ist Mein Mich-selbst-Erhöhen und unerschöpflich Mein, ins All verbreitetes, geheimnisvolles Tun.


6.4
Ebenmässig und gerundet walle Ich durch Zeit und Ewigkeit dahin, wo alle guten Gaben der Allherrlichkeit im Wohllaut ihrer Selbst erklingen. Grosser Bahnhof für den Herrn der Welten überall, wo Ich Mich selbst erwarte und Mich feiern lasse von der Menge der Begeisterten im traulichen Allhier. Gar fein und edel komme ich daher im Geistgewande, das sich strahlend über alle legt, die Mir vertrauensvoll begegnen. Nun bist du an der Reihe, Meinen Glanz und Meine überirdische Vernunft aufs Innigste zu spüren und von ihr begrüsst, befruchtet und entzückt zu werden in der Schau, auf was mit deinem Seelensein geschieht. Sowie Ich komme, kommst du Mir entgegen in der Spiegelung der Wesen, die dasselbe sind von Fern und Nah, im gütevollen Lächeln, wie in der Vertrautheit, die sie sich voll Innigkeit gewähren. Zum Greifen nah ist alles, was Ich Bin, um dich gebreitet und verströmt das Fluidum der Heiterkeit und Wohlgesinntheit, Liebenswürdigkeit und Poesie, in denen Ich Mich liebevoll bewege. Lass dich selbst von dem, was Ich Mir Bin, bewegen und empfinde dich als von der

Gottheit angerührt, zutiefst beglückt und ins Elysium erhoben.

6.5
Dir kann es nicht gefallen, wenn du eine schöne Stimme hast, derweil es dir verwehrt ist, sie zu brauchen. Ich aber kann dir leichterdings erklären, wie in diesem Fall die Dinge hintergründig liegen. Da geht es eben darum, dass dein Wille stärker und geschmeidiger werden soll, indem du alles daran setzest, ein berühmter Sänger vor dem Herrn zu werden. Über Jahre zieht sich dein Bemüh'n dahin, den Kampf um Anerkennung deiner Fähigkeiten zu gewinnen und um dann vor dir und aller Welt als Meister deines Fachs bewundert dazustehn
 Erkennst du die Gesetze des Gestaltens dieser Welt als weise, effizient und wohlgefällig an, wirst du nimmer löken gegen sie, sondern dich zusammennehmen, um sie bestens zu erfüllen in der Tage Lehrgedicht und Wohl. Wer mag Gesetze vor dich hin drapieren, wenn nicht Ich, der überragende, allwissende Gestalter aller Weltenwirklichkeiten, die da *sind* und sich zum schönen Schein und zur Bedeutsamkeit entfalten wollen. Die aber sind verehrenswerte Attribute Meines Seins, das sich gleich einem roten Faden durch das Leben zieht, um es zur Offenbarung seiner wahren Mission und Überlegenheit zu führen. Somit magst du dein skurriles Weltbild dahin korrigieren, dass du einsiehst, wie geschickt und wohlbegründet Ich durch alle Zeiten operiere, um schliesslich Weltenharmonie, Glückseligkeit und Seinsbewussheit in den Bürgen Meiner Götterzunft zu generieren.

## 6.6

Bewegende Momente wirst du in der Sicht auf was du Bist erleben, wenn dir bewusst geworden ist, wie innig und vollendet deines Wesens Züge Meinen gleichen im unendlich Geistigen, das Ich bewundernd vor Mir seh. Offensichtlich macht dich das mit Mir verwandt auf eine Art und Weise, die zutiefst beglücken und begeistern kann, weil in ihr alles stimmt, was so geschieht im überwältigenden Weltgetriebe.

Ewige Wahrheit blüht da auf, wo Ich in Reinkultur agiere; nur Mustergültiges verlässt Mein gütesprudelndes Gedankenarsenal und macht sich auf den Weg, Geziemendes und Zartes, Gewaltiges und Überschwängliches zu produzieren. Nichts gleicht dem Feinen und Verehrenswerten, das aus Meinem Edelmut und Meiner Kraft geboren wurde. Kein kritzekleines Detail ist nicht ebenso gekonnt und fabelhaft geschaffen, wie die allergrössten Würfe, denen Ich voll Stolz und Vaterwürde zu Gevatter steh. Wie kann es dann zu soviel Unbekömmlichkeiten kommen auf dem Erdplanetchen, das seit Jahrtausenden in sagenhafter Ätherstille seine Kreise um die Sonne zieht? Das ist, weil sich so viele freie Menschengeister Eigenbrötlerisches ausgedacht und eingerichtet haben. Alles, was von Meiner götterlichten Linie abweicht, zeitigt Ungemach und Sittenlosigkeit und muss in ellen-langer Aufbauarbeit korrigiert und von der Güte Meiner Absicht überzeugt und freien Sinns zu ihr geführt und in ihr eingemittet werden. Vollendetes in Freiheit zu erzielen ist ein Meisterwerk für sich, das All-Liebe und Geduld erfordert in verehrenswerter Gott-Manier. Erkenne es und schreite froh und überzeugt in Meiner Reihen Takt und Würde dem unendlichen Gewinn entgegen, der dir winkt im weiten, seelenvoll und liebesstark gehaltenen Verhältnis mit dem Wunderbaren.

6.7
Währschafte Kleidung schützt des Menschen Haut und Haar von aussen, derweil *Ich* ihn von innen her mit Herzensgüte, Heiterkeit und Langmut liebevoll durchströme. Cleverness ist kalt, doch Meiner Weis-heit Züge leuchten auf in wunderbar gesitteten Gestalten, die versetzen alle Welten in bewunderndes Entzücken ob der Grazie und Unbeschwertheit, die sie offenbaren. Bist du klug, so suche, was du weisst, mit Weisheit zu durchtränken, die aus Meinen Schalen zur dir niederströmt, damit Gerechtigkeit und Liebe herrschen, Tiefsinn und Moral in dem, was sich die Menschen *sind* in ihrem Aneinander-sich-Gewöhnen.
 Egoismus taugt nicht viel, weil er separiert, fett und feist macht und lässt den Umkreis schmählich darben. Der Gemeinschaftssinn verbindet und lässt seine Bürgen in dezentem Frieden atmen, rechtschaffen und loyal. Azuren wird der Gotteshimmel, lichtvoll, heiter und global, im Mass der Einsicht ins Lebendig-Geistige, das alle Welt besänftigt und beseelt.
 Die Tricolore reiner Freude flattert froh im Winde dort, wo *Meine* Seinsgesetze walten und die Bürger ohne Furcht und Zagen ihren Part verrichten, eingebettet in das allgemeine Wohl. Wird inniges das Gottvertrauen, wie die Sittlichkeit gepflegt, tritt reines Glück des Daseins unbedingt hervor und gewährt den fein Empfindenden dezente Musse, nach der Spannkraft des Elans, und Wohlbekömmlichkeit nach dem Durchschreiten harscher Felder in den Alltagsniederungen.

Willst du mehr vom Leben haben, leiste dir den Aufwand, täglich Tiefsinn zu entfalten in der stillsten Stille, die du fähig bist, in dir zu generieren. Schweigen deine biederen Gedanken, können *Meine* sich in dir ergehn und du wirst bald gewahren, dass sie nicht von schlechten Eltern sind in ihrer gottgesegneten Manier, deinem fahlen Lichte Himmelsglanz hinzuzufügen. Ich wiederhole hundertmal, dass du Ressourcen in dir trägst, die dich zutiefst erstaunen lassen, wenn du sie zutage förderst. Das bedingt geduldiges, bewusstes Schaffen, wo du eben gehst und stehst in deiner Eigenart zu sein und *Meinen* Willen mählich besser zu begreifen.

"Aus der Tiefe rufe Ich zu dir", sollst du in deinem Herzen murmeln ohne Unterlass, bis Ich geruhe Mich an dich zu wenden, um dir die Augenbinde sacht zu lösen, und dir Einblick in die wahre Wirklichkeit von Gottes Ruhm und Gnaden, Wert und Sendung zu gewähren. Ein Herold der Erkenntnis *Meiner* Wege wirst du sein und ein Geistbegeisteter als Erstling eines neuen Weltbewusstseins von der Art, wie es die Göttlichen erfolgreich und beseligt, sanft und siegessicher, Universen überschauend und in ihren Weiten sich verlierend, in sich tragen.


6.8
Wie verhält sich das, was du zutiefst ersehnst zu dem, was du erreicht hast, in der Lebensschule, die dir eigen? Bist du lauter, licht und loyal Mir gegenüber, kann Ich dich vom Bann erlösen, der dich noch in dir gefangen hält und dich dann sanft und sinnig zu Mir führen.

Überall sind die, wie du, als kleine Funken etabliert, die nur des Öls bedürfen, um hell aufzulodern in der Nacht der Sinne, der sie unterworfen sind. Damit wird es Tag um sie, in *Meines* Lichtes Fluten und sie sehen sich gerettet von dem penetranten Eigenwahn. Gerettet ist auch, was *Ich* in dir Bin, sowie du dich ermannst, das, was du Bist, ins Sternenall zu tragen. Minikrim im Hier und zugleich grandios im Geiste ins Unendliche erhoben, Bist du wahrer Mensch und wahrer Gott zugleich in namenlos beglückender Manier. Es ist die Liebe des Allhöchsten, die dich führt - und die erhabensten der Geister sind es, die dich in sich spüren.


6.9
Wohlbemerkt, es handelt sich bei Meinen siebenfach gewundenen Sentenzen um Erläuterungen für dein Leben, die direkt von himmlischen Gefilden zu dir kommen. Nimm sie auf als etwas, das sich über dem Verstandesmässigen in deine Seele giesst, um sie in ihrem Sein zu stärken und schlussends zur wahren Wirklichkeit zu führen. Ich habe dich dazu erwählt, mit deinem strahlenden Bewusstsein neue, geistige Gebiete zu erschliessen, die weit über dem bisher Erkannten und Erlebten stehn. Dabei gilt es, deine Ansicht von der Welt geflissentlich zu revidieren und dir dabei bewusst zu machen, dass die Hintergründe deines täglichen Agierens geistiger Natur sind und sich deshalb nur auf dieser Ebene erklären und behandeln lassen. Alles Geistige jedoch ist unumstösslich in das Sein gebettet, das Ich Bin und das in allumfassender Gebärde existiert und sich als Leben durch das Leben trägt in wunderbar verbindlicher Manier. So darfst du sicher sein, an Meiner Weltenseele wunderbaren Anteil und Relieve zu haben. Du weisst es nicht und kannst es dir im täglichen bewussten Dich-auf-Mich-Besinnen deutlich machen

als Geschenk des Himmels und verehrenswertes Grossereignis in des Daseins-Sicht und Stil. Freue dich darauf, auf dieser Stufe deiner selbst – Vollendung und begehrenswerte Meisterschaft und Gotteswürde zu erlangen, indem du Bist, was Ich Mir Bin und was Ich liebevoll und zärtlich in dich trage.

6.10
Trag das „Befiehl du Meine Wege" fest in dein Gewissen ein, damit aus ihm dein Heil hervorgeht, deine Wohlbewahrtheit, wie das Befriedigen all deiner Wünsche im vielbewegten Grossraum deines Lebens. Halte dich bereit, auf Meinen wohlerwogenen Befehl ins Schlachtgetümmel einzugreifen, das Ich dir gekonnt und fordernd vor's erschrokkene Gemüt drapiere. Unter Meinem Namen kannst du deines Sieges sicher sein, denn wer hat mehr zu bieten, als Mein Schild und wer kann offnen Feinden überlegener begegnen, als die Heerschar Meiner Geister, die sie im Verborg'nen attackiert und züchtigt mit des Seinsgedankens scharf gezücktem Strahl. Ich Bin es, der entscheidet was geschieht und welche Mittel ungesäumt zum gloriosen Ziele führen. Ins Schlepptau hab *Ich* dich genommen, derweil du locker triumphieren kannst im Offensichtlichen, das Ich dir zur Befreiung und Befriedung hingegeben. Siehe zu, was die Gemeinsamkeit mit Mir bewirkt und sei Mein tüchtiger Geselle auf der meisterlichen Vorfahrt, die Ich lächelnd und erhaben, auserlesen und zutiefst verbindlich und beglückend mit dir inszeniere.

6.11

Klassische Gedanken sind wie eh und je dem Welten-Ich auf's Freundlichste verbunden, das Ich Bin im Überall von Meines Seins unendlich reinen, liebevollen Gnaden. Hast du dies zutiefst begriffen, steigt dein Weg durch Generationen auf der Himmelsleiter konsequent hinan, um dein Ich-Gefühl zur allumfassenden Bedeutung, Hohheit, Fülle und Glückseligkeit zu stilisieren.

Hast du dieses Ziels Metamorphose und Manierlichkeit errungen, steht dir das *Ich Bin* unwiderruflich, magistral und unauslöschlich in den Sand der Zeit geschrieben, indem Ich es, noch im Zerrinnen, stets von neuem kraftvoll überpräge.

Willst du jemals Meisterschaft erlangen in jedwelcher Disziplin, so tust du gut daran, Mich um dezenten und präzisen Rat zu fragen, denn der Allwissende kennt die Weltzusammenhänge besser als der renommierteste Gelehrte auf dem winzig formulierten Erdenplan. In seiner Treibhausatmosphäre kann mit jeder Garantie kein Wissen so gedeihen, wie Meine Weisheit in der Geistkultur der Sternenweiten. Machst du dir auch nur ein Quäntchen davon intensiv zu eigen, darfst du dich als ein vom wahren Sein Genährter und Gebildeter bezeich-nen, der es in sich hat, den Vater aller Dinge herzensfroh zu preisen und ihm seine Ehre, seinen Dank und seine Herzensliebe zu erweisen. Komm und schau dir diese Konstellation gebührend an und *sei*, damit sie sich an dir erfülle, in der Vollendung deiner Zeiten, wie im Sternenglanz Elysiens, in dessen Wohllaut und Erbarmen, Seinsgefälligkeit und Fürstentum du ewig heiter *Bist* und ruhst.

6.12
Das Erleben Meiner Eigenart im Unermesslichen kann wohl mit Fug und Recht für einen Menschen als das Grösste, was ihm möglich ist, bezeichnet werden. Willst du dieses überragende Geschick und Fatum auch zu deinen Fabelhaftigkeiten zählen, geleite Ich dich den intimsten Quellen deines Daseins zu. Die Labung findet durch Erkenntnis deiner selbst Erfüllung und erfüllte Prophetie. Du siehst dich als ein Unvergänglicher ins strahlende Unendliche erhoben und damit in ein Sein von Makellosigkeit, Gerechtigkeit und Auserlesenheit vor allen Dingen, die dich teilnahmslos und kühl umgeben. Meine sanfte Frühlingswärme strahlt dich gnädig an und versieht dich mit den Lebenskräften Tag für Tag. Frei und furchtlos darfst du dich durch Mich bewegen, darfst als Mensch ein Mensch und - als in Mich-Geborener- ein Geisteswesen sein von wunderbarer Echtheit des Dich-selbst-Gewahrens.


6.13
Erweckung ist dir von Mir angeboten aus dem Schlummer der Gerechten, denn die Zeit ist reif geworden für die grandiose Wanderschaft zu einem neuen, überwältigenden Menschenziel. Dabei gilt es, eingefleischte Seinsbequemlichkeiten und Begünstigungen kühn zu überwinden, denn der Hemmnisse und Tücken im kulanten Vorwärtskommen sind gar viel. In *Meiner* Billigkeit und Resonanz gilt es, noch das geringste Zögern tapfer auszumerzen, um sich auf der Gottesbahn mit absoluter Unbestechlichkeit und Grazie des Himmels fort und fort zur anvisierten Spitze zu bewegen. Dort angekommen muss ein Neues formuliert und von Mir gutgeheissen werden, damit die unité de doctrine nicht verletzt wird mit banalen

Seitensprüngen, die die Debütanten sich nur allzu gern erlauben. Deine Überzeugung ist gleich einer farbenfrohen Fahne hochzuhalten und, mit Vehemenz verteidigt, deinem sprossenden Gedankenheer voranzutragen. Mich kannst du dabei als den Wind der Weisheit, dich begleitend, wissen und dich damit absoluter Sicherheit erfreuen im gewandt geführten Lebenszug. Meiner Meisterschaft im dich gekonnt zum Gipfel des Erfolgs zu führen, wird männiglich Bewunderung und Achtung zollen, derweil Ich Mich bescheiden und zugleich unendlich überlegen in des Hintergrunds Bastei verborgen halte. Du machst dich gross und bist dir kaum bewusst, wieviel an Kompetenz, Ideenfülle und Elan von Meiner Seite in dich strömen. Das zeitigt dann in allen deinen Sparten glänzenden Erfolg, in dem sich alle Weltengeister überglücklich mit dir baden.


6.14
Bildung in der Seins-Legislatur erscheint vor Mir als unermesslich lichtgesättigtes Gewinde wahrer Weisheit an sich selbst empor im Wunderbaren. Auserlesene Begünstigungen strömen in dich ein, wo immer du dich aufhältst im Bewusstsein deiner selbst vor Mir und Meinen Seinsgenossen. Allmählich darfst du dir erklären, dass dein Wissen ausreicht, um dich selbst im Lichte absoluter Wahrheit zu erkennen als das Eine, unteilbare Ich der Welten, das Ich Bin und das im All-Erfüllen alles *ist* was im Unendlichen, sein Strahlenlicht verbreitend, wahre Wunderkreise zieht.

Du bist gehalten, was du denkst, als Ausfluss Meiner denkerischen Kapriolen zu betrachten, die dich dazu animieren, selber schaffend in die Schöpfung einzugreifen und in neu gestaltender Manier mit Werten aufzutrumpfen, die Aug und Ohr entzücken. Ich mache vor, was du kopierst und im Verändern umgestaltest, neuen Wirklichkeiten zu. Das verleiht dem Leben Pfiff und Süsse, Fabelhaftigkeit und seinsmelodisches Geflüster in der Tat. Was immer dich bewegt ist fähig, Meines Alls Struktur und faszinierende Bordüre sachte zu bewegen. Alles, was da schwingt und singt trägt dazu bei, den Atem der Geschichte pausenlos auf Trab zu halten und im Neuen – Altem den Garaus zu machen, ohne Pardon und erwünschter Wiederkehr.

Meine Eigenart ist deiner umso schicklicher und triumphaler überlegen, als du ohne Mich versuchst, originell, bedeutsam und verbindlich zu agieren. Du wirst erst ins Tal der Philosophen, Seinsgewaltigen und wirklichen Strategen eingelassen, wenn du dich vor Mir dazu bekannt hast, nichts zu wissen, nichts zu können und zu wollen ohne Mich und Meinen Duktus am allräumlichen Geschehn. Bildest du dir nichts mehr ein, so kann Ich wahre Bildung in dich stossen; ziehst du vor Mir keine Schau mehr ab, so kann Ich deines Schauens Elegie um ein Beträchtliches vermehren. Wie du siehst, Bin Ich wie eh und je am längern Hebel und erwarte von dir Einsicht, Demut und Geduld in allen deinen Schaffensperioden. Bist du Mein, so kann Ich dein sein und dem "i" das Pünktchen auf die Zinne setzen, deinem Ruhm und deiner Götterherrlichkeit in Mir und Meinem Sanktuarium entgegen.


6.15
Echte Garantien gibt es nur in Meiner Hemisphäre unbedingter Redlichkeit und Wohlgesinntheit allen gegenüber, die den Anstand und die Ehre der Gerechten suchen. Was Mir auffällt ist, wieviele auf der Suche nach dem Wege sind, der unverzüglich zu Mir führt und Meinen gloriosen Stätten allgemeinen

Menschenwohls - und wie wenige ihn schon gefunden haben. Niemand will Ich zwingen, Mir, dem Allerhöchsten, zu vertrauen, doch wie beschämend ist es, wenn ein Mensch, statt seiner göttlichen Berufung nachzugehn, am Golde klebt und an der Macht, die ihm von Mir zum tüchtigen Verwalten übergeben wurden.

Bist du gezähmt, so folgen dir die mit Vernunft Begabten auf dem Fuss und haben gar nichts daran auszusetzen, dass du ihnen nach Gesetz und Ordnung frei heraus befiehlst, was eben noch zu tun ist im gemeinschaftlichen Umgang mit den Vielen. Ebenmass und Pünktlichkeit erfüllen die versammelte Gemeinde mit erwartungsvoller Harmonie und erzeugen eine Atmosphäre der Gewogenheit und Würde der Behörde gegenüber. So in Mir. Was du Meinem Sinn gemäss verrichtest, bringt dir Lob, Begütigung und Anerkennung ein von allem, was du guten Muts geschaffen. Die Gewissheit, dass du von Mir angenommen und geschätzt bist macht dich froh und lässt dein Herz bei Meinem Anblick höher schlagen. Wie einfach ist das Leben, wenn dir der Schritt zu Mir und Meiner Hochgeborenheit gelingt, in reizender Natürlichkeit und seelenvollem Frieden. Was willst du mehr, als dieses Zustands Traulichkeit vor dem Unendlichen erreichen, der dir bewusst macht, wie beseligend das Leben sein kann in der Ruhe der Gerechten und der Heimlichkeit der Liebe zwischen denen, die sich als Meister der Vernunft, wie als Ins-Sein-Gebettete bezeichnen dürfen.


6.16
"Ich stelle Mich Mir dar", darfst du dir sagen in der Stunde der Erkenntnis deiner selbst als das zutiefst geheimnisvolle Leben, als das Sein, aus dessen Fluidum und Fluten du gebürtig und ans Licht getra-

gen bist seit aller Zeit im Wunderbaren. Mir mangelt nichts, bedeute deinem Sinn und deiner Aussicht auf ein Sein von überirdischer Bravour.

Formlos, allgewaltig und aufs Äusserste verschwiegen Bin Ich der Gestalter einer Überschwänglichkeit und Sattheit ohnegleichen, die den Kosmos aufs Bewundernsweteste beleben. Nun votiere, was Ich in dir sein soll und beginne, dir in guten Treuen deine Seinsgeschichte zu erzählen von sublimer Qualität und Auserlesenheit, von Wachheit und bewusstem Aneinanderreihen trefflicher Ideen wie von wasserblauer Sanftmut: klassisch, liebenswert und weihevoll in Mir.


6.17
Als Favorit bist du in Mir geboren worden, als Top-Gesetzter fährst du stilgerecht und tapfer in die letzten Runden, um schlussends den wohlverdienten Sieg herauszuholen. Wo aber lohnt es sich, den Lorbeer zu erringen? Was treibt dich dazu an, ein Held zu sein und deine ganze Kraft daran zu setzen, Mehrwert zu erzeugen, Ehrgeiz zu befriedigen, Geheimnisse zu lüften und abervieles noch dazu? Denksucht will Ich nennen, Bewegungsdrang und Langeweile, Ordnungssinn und Mitleid, welche dich zur Tat verführen, genauso wie der Hunger der dich quält. Und was ist das Ziel von alle diesen Zielen? Wohl Befreiung, Lebensglück und gute Weile für ein Weilchen.

Eigentlich nicht viel. Weshalb? Weil du dich längst noch nicht erkannt hast als das unerschöpfliche Agens des Weltenschaffens, das Ich in dir Bin und das du Bist in der Aufeinanderfolge logischer Gedanken. Suchst du Sinn, so ist es dieser, dass du dich dem schöpferischen Sein dahingibst ohne

Wenn und Aber und dich damit, in der Selbsterkenntnis, aufschwingst zur Gottseligkeit in Mir.


6.18
Deine Selbstkontrolle soll so lustvoll wie gediegen sein, dass dein Auftritt lupenrein vonstatten geht, wohin Ich immer dich entsende. Eine Weihe von Erhabenheit und Kunstsinn soll dich jederzeit umgeben, damit du akzeptiert und respektiert wirst von der Gasse ebenso, wie von den besten Kreisen. Dazu gehört auch Mein Statut und Meine innige Verbundenheit mit allem was da *ist*, wie auch mit dir. Da herrschen Tiefsinn und Vertrauen, Schicklichkeit und Ebenmass, soweit das Auge reicht, im Geistraum, der das Füllhorn ist für alles Sein und Leben. Mittendrin bist du mit deines Denkens und Empfindens Attitüde und darfst dich Seins-Erlöster nennen, wenn du nur begreifst, wie alles sich zur Einheit einer Welt zusammenschliesst, in der die Reinheit herrscht, die Freude am Gedeihen, die Unbeschwertheit, wie die Tugend der Gerechtigkeit an allem was Ich in des Schaffens Euphorie aus Meinem lichterfüllten Universensein entlassen habe.


6.19
Bin Ich schon von einem schwadronierenden Gedankenheer umgeben, so soll es Mir gefälligst dazu dienen, Wohlgefällige aus ihm herauszupicken, die Mich in der Gunst der Stunde bestens unterhalten. Damit ist gesagt, dass du vor allem im Unendlichen dich ergehen sollst, um aus ihm Vortreffliches und Reizendes herauszuholen. Das wird dir dann zum Zeichen von verehrenswerter Genialität, Gutmütigkeit und Klarheit des Bewusstseins, die Ich Mir

zuallererst errungen habe. Demzufolge würde es dir wohl anstehn, wenn du dein persönliches Gedankenfeld verliessest, um in Meinem einen viel gefälligeren Anhalt und Relieve zu finden. Fantasie kann eben hochkarätig und gediegen sein, genauso wie von mittelmässigem Kaliber, was dann auch dem Gähnen Vorschub leistet, statt dem Staunen über so viel Qualität, Brillanz und schöpferischen Flair.

Du brauchst nur still in dich hineinzuhorchen, um dann mählich Meine seelenvollen Äusserungen und Verdikte zu vernehmen. Es sind die Seinsgesetze, die in sich die reinste Wahrheit tragen, und deren Sinngehalt nicht nachgebessert oder aufgehoben werden kann. Im Grund genommen schwimmst du mit dem Sein und Sinnen immer im unendlich Guten, das Ich Bin und das von dir Verständnis, Disziplin und Dankbarkeit verlangt für so viel Geborgenheit, das es dir bietet. Mach dich schleunigst auf, in diesem deinem Land der Väter Fuss zu fassen, um es fürderhin mit Freude und Erfolg, gehöriger Bewusstheit und Versiertheit zu bewohnen. Sattelfest sollst du Mir werden in Sachen Akzeptanz der geistigen Begriffe, die Ich zur Betrachtung vor dich lege. Merkst du, dass du Bist, so hast du viel für deine Zukunft und für dein Durchwandern Meines Reichs gewonnen und das sag ich dir: Es ist berückend schön. In seinen Weiten kannst du dich voll Sorgenlosigkeit, Begeisterung am Sein und Seelenseligkeit bewegen. Nichts ficht dich an und pure Freude läutert deinen Sinn in der Erhabenheit der Sphären, die er sich in Andacht und Beharrlichkeit errungen. So soll und wird es für dich sein, wenn du Mir glaubst und dich in Meine Tiefen fallen lässest, um zu konstatieren, dass sie dich bis ins Unermessliche erhöhn.

6.20

Die Lorelei mag heute noch den Schiffersleut den Kopf verdrehn mit ihren süssen Melodien, dass sie den Faden und den Sinn verlieren ihrer Mission. Trotzdem sollen sie sich nicht entfremden dem, was Ich in ihnen Bin in allen Ehren. So auch du. Das Äussere mag noch so diffizil, diffus und trostlos scheinen, innen lass ich Freudenfeuer und Beseligungen spriessen. Wenn du nur die Hoffnung nicht verlierst auf bessere, gediegenere Zeiten, kann Ich dir in allem beistehn, was du wirklich nötig hast und was dich näher bringt an Meine wissenschaftliche Doktrin, dass du ein unvergänglich, unverwüstlich Wesen bist von unnachahmlicher Grandezza, wie von einem Götterstil, der alles übertrifft, was du bisher von dir erwarten und erfahren konntest. Gelingt es dir, dies Grandiose in dir auszumachen, stehst du als gekrönter König vor dir selber da und darfst dich Seinsbegünstigter und Abgeklärter nennen im so bedeutenden Panoptikum, das Ich dir mitten auf den Heimatweg gegeben. Sieh doch in diesem Faktum, wie noch jede hinterste und unbedeutend scheinende Allüre deiner selbst von Mir durchtränkt und hochgehalten wird mit Tausend Strömen, Fäden und Beförderungen Meiner Wahl. Wache auf zu Mir und *sei* und benehme dich wie einer, der auch noch im grössten Sturm mit ruhevoller Selbstverständlichkeit das Lebensruder führt, mit Sicherheit dem Ziel entgegen. Das ist Mein Brevier, Sendschreiben und erwartungsvolles Manifest an alle, die Mich hören und Mein Hochgebot befolgen wollen. Ihnen ist der Geistesgarten auserlesen und bestimmt, der sie erquicken wird in seinsnatürlicher Manier und wunderbar gesättigtem Erlaben.

## 6.21

Was hast du nur, dass es dich in die Ferne treibt, Kamerad, wo dich die Könner beutegeil umkreisen und die Herzensunruh dich perfiderweis befällt? Viel leichter ist es abzuhauen, um dich in der Vielfalt und Magie des Weltbetriebes zu verlieren, als in konsequentem Seinsbetrachten, seelenvoll und heiter bei dir selber zu verweilen. Es sind die Gegensätze, die dich anziehn und dich alleweil dazu verführen, Mich, das Eine, zu verlieren, das Ich Bin in dir und der ereignisvollen Welt der Myriaden.

Wie findest du zu Mir und damit zum ersehnten Herzensfrieden, frag Ich dich, Mein Sapperlot in allen Winden und empfehle dir dazu, den Umgang mit der Seins-Versunkenheit im stillen Kämmerlein zu pflegen. Das stärkt dein Ich-Gefühl und führt dich in die Welt der guten Geister, die dich ihrerseits gekonnt und ständig zu Mir lotsen. Da beginnt dann dein Bewusstsein das Gefühl der Seligkeit zu kosten, die den Weltengrund beseelt und dir den Schwung verleiht zum Aufstieg in die Höhen der Begeisterung am Sein und Leben.

Wenn du weisst, dass alles für dich gut ist, was Ich dich erleben lasse, kannst du auch all dem vertrauen, was da ist und dir die Wege öffnet zur Allherrlichkeit der Göttersphären. Dein Wesensein nimmt zu an Herzlichkeit und Weisheit, an Gelassenheit und Tugend, derweil Ich es mit Meinem Sein und Göttersinn begabe.

# 7

# Die Sicht auf was du wahrhaft Bist

7.1

Eine Bottega der Eitelkeiten bist du Mir, Welt, mit deinen kleinlichen Scharmützeln und Verstimmungen des guten Tons, auf den Ich dich gestimmt und zugerichtet habe. Ganz egal, in welchem Zustand du dich heut befindest, Ich bedränge dich in innerster Brochur, dich auf den Weg zu höherer Wahrhaftigkeit und Seinsbewusstheit zu begeben, in der Tage Tatendrang und Würfelspiel. Du zögerst, weil dir das Vertrauen fehlt in deine Kräfte und weil du nicht erkannt hast, dass es *Meine* sind in der Bewegtheit und Verschlungenheit der Lebensszenen. Da staut sich in dir der Bedarf zum Handeln all so lange, bis du tätig werden *musst* im Zug und Druck der Evolutionen. Ich führe dich dabei zur Einsicht, dass dein redliches Verhalten weiter führt, als Schlamperei und Hinterhältigkeit und dass dein Wohlbefinden abhängt von der Herzensgüte, Menschenfreundlichkeit und Offenheit, mit denen du agierst. Fruchtbar kannst du nur in diesem Sinne werden und in *Meinem* Sinn erfolgreich, wenn du Mich als Animator und Begründer deiner Lebenstaten akzeptierst. Das ist dann die Wende hin zur geistigen Potenz, die Ich in deinem Ich-Sein gnadenvoll begründet habe. Du Bist Mein Sein und darfst dich als Motiv der Sehnsucht und zugleich der strahlenden Erfüllung sehn. Diese Sicht, auf was du wahrhaft Bist, verändert dein Bewusstsein hin zu einer Seins-Bewusstheit ohnegleichen und macht dich allverträglich, weitentauglich und bis in die Sternenwelt erhaben. Ausgerechnet du erscheinst dir dann als Ausbund der Geschicklichkeit im Sein und Leben, als in Mir Verklärter Meister der Gerechtigkeit und Menschenwürde, wie als Weitensichtiger ins Donnerrollen der Äonen. Deine Füsse in der Unbill der Gezeiten, dein Haupt jedoch in der olympischen Gelassenheit der Götter, sollst du vor

Mir stehn und so dein wahren Wesens Duktus, Sonnenstrahl und Götterherrschaft offenbaren. Was Ich will, sollst auch du wollen, wessen Ich gewiss Bin, soll auch dein erstrahlendes Gewissen werden. Trage dich ins Buch der grandiosen Hoffnung auf Erfolg im Geistessinne ein und *sei*, indem du Bist ein Träger der Allherrlichkeit des Seins und seiner wunderbaren Kapriolen.


7.2
Genug des Wissens, endlich soll die Tat dem Blick in Tausend Schriften folgen. Was du weisst, kann nur durch die Erfahrung flügge werden, nur wenn du handelst, kannst du an dir selber wachsen und dem Dasein Sinn und Grazie verleihen. Beweise dir und Mir, dass du ein kluger Wanderer durchs Leben bist und dass du jede passende Gelegenheit ergreifst, um dich zu profilieren und dem Lebenstag und -jahr Gewicht und Würde zu verleihen.

Was den Taten tunlich folgen soll, ist die Reflexion über den Erfolg derselben, denn sonst ist die eingesetzte Energie nutzlos verpufft zu deinem immanenten Schaden. Intelligenz besteht im Kombinieren aller Werte, die du dir errungen, Schöpferkraft im klugen Aneinanderfügen jener Elemente, die sich schliesslich als das Neue, wunderbar Gediegene erweisen.

Wahre Fantasie muss aus der Fülle schöpfen können, und die ist nur bei Mir im Wesen des Unendlichen zu finden. Du bildest dir nur ein, gescheit und effizient zu sein, derweil Ich es in deinem Schaffen Bin, mit überragender Grandezza, Zauberkraft und Energie. Was von Mir kommt, wird niemals schwinden, wessen Ich Gevatter bin, kann sich getrost und sicher seinsvollendet nennen. Machst du dich klein, kann Ich in dir Bedeutung,

Auserlesenheit, Brillanz, verbriefte Schicklichkeit und kapitale Meisterschaft erreichen. Nicht Schall und Rauch ist, was *Ich* dir besage, sondern Nahrung für dein Weltgewissen und dein Seinsgefühl. Erwecker will Ich dir zum wahrhaft Guten sein, das sich durch die Äonenzeit aus Mir erhebt, um einen Kosmos der Wahrhaftigkeit, der Harmonie, des Herzensfriedens und der Weltenwonne zu erzeugen. Was träf ist, muss auch tief beglückend sein, was Mein Verhältnis zu dir offenbart, kann nur beseligend, befruchtend, liebreich und erhaben sein in wunderbar befreienden und seelenvollen Massen. Was du dir Bist kann nur von *einer* Seite kommen und die Bin Ich in unnachahmlichem Genie und gutem Willen, Herzensgüte und Bravour. So liegen Meine Dinge mit den deinen eng und allerliebst beisammen, wenn du nur begreifst, aus welchem Haus du stämmig bist und wovon du ständig profitierst in einer Weise, wie nur Gottgesegnete und Weisgewordne profitieren.

Nun schweige du vor dem, was du dir Bist und lenke dein Bewusstsein auf den Spender aller Gnaden, der Ich Bin in dir und aller Welt, in Makellosigkeit, Holdseligkeit und wohlbegründetem unendlichem Benehmen.


7.3
Jeder Boden den du hier betrittst ist heiliges Land, bewohnt vom Christuswesen. Fasse es wer's fassen kann: Das ist das Geheimnis seiner Worte „dies ist Mein Leib und Blut". Hast du begriffen, was Ich meine, ist dir auch der geistige Gehalt der Welt bewusst geworden. Die Ehrfurcht vor den Dingen fällt dich an und ganz besonders, wenn du weisst: Der Christus *ist* in Mir. Gegen diesen göttlichen Bescheid hast du wohl null und nichts zu bieten.

Die Weltgesetze sind nur deshalb so gewaltig gross, weil sie Unendlichem verpflichtet sind in seinen lichten Gauen. Sie treten auf den Lebensplan mit namenloser Selbstbewusstheit, weil sie im Universum Ordnung schaffen, dessen Räume Götterheeren und schlussendlich Mir allein gehören. Mein Bewusstsein hüllt sie alle ein und deines soll sich auch daran gewöhnen, sich in Meinem über den unendlich weiten Kosmos zu verbreiten, urgewaltig, liebevoll und morgenschön.


7.4
Eine Welle warmen Mitgefühls lass ich zu denen strömen, die in ihrem Lebensleide förmlich zu versinken drohen. Es ist ihr eigen, selbstgeschaffnes Schicksal, das sie mutvoll und geduldig auszutragen haben. Nicht Blindheit liegt in ihm, doch weitgesichtige Weisheit Meinerseits, die alles was da *ist,* zur strahlenden Vollendung bringen will in Meiner Konsequenz, den Dingen auf den Grund zu gehn. In Mir kannst du dich wohlbewahrt und sicher fühlen sonderlich in der Bedrängnis deiner Lebenstage. Dein Soll liegt oft am Limit dessen, was du fähig bist zu leisten, in des Schicksals streng gezogener Montur. Dabei soll es dir gelingen, Mir und Meinen guten Geistern vollends zu vertrauen, um davon im Gemüt vollendete Erlösung, Zuversicht und heitere Gelassenheit zu finden.

Die Paukenschläge dieser Welt sind dazu da, die Menschen aufzurütteln und geziemend wach zu halten auf der anspruchsvollen Lebensbahn, um folgerichtig ins Unendliche zu verhallen. Dann kehrt erhabne Ruhe ein bei dem, der seine Lektion gelernt hat und nun alles daran setzt, in wissender Regie die Lebensqualität hervorzubringen, die ihm angemessen ist in seinen gloriosen Runden. Mich umrunden sollst du all so lange, bis du Mir so nah bist, dass du Meiner seelenvollen Züge dich versehen kannst und deinen Blick nicht mehr von Meinem Antlitz wendest in der beseligenden Seinskultur, die dich ergriffen. Du gehst dem Unvermeidlichen unendlich liebevoll entgegen und umfängst es als sein Werk und Wille, sein Beginnen und Vollenden in der Überschwänglichkeit der Zeiten, wie der Sinnkraft, Fabelhaftigkeit und Heiterkeit der geisterfüllten Ewigkeiten.


7.5
Wie die reine Wehmut überschaue Ich die vielen Konfrontationen, die in Meinem heiligen Namen auf dem Weltenplan geschehn. Fanatismus, Eigenwilligkeit und Torheit prangen auf den Fahnen der Vermessenen, die sich nicht scheuen, Mich verachtend, gegen ihre Menschenbrüder vorzugehn.

Suchst du wahren Herzensfrieden, ist der kriegerische Aufwall fehl am Platz, derweil die Menschenliebe und die Lauterkeit des Herzens Mir entgegenkommen und Gemeinschaft stiften um sich her. Als deinem Gott zutiefst verwandt sollst du dich fühlen, als sein Gesandter in die Welt der Tücke und des Haders, um den Zorn zu glätten und die Verstimmung auszugleichen.

Nur was in Mir Bestand hat, ist echt schön und was verbindet, lässt die Herzen höher schlagen. Zeichne du dich aus durch Güte im Betragen wie durch wunderbare Ausgewogenheit in der beseligenden Wesensruh. Du findest darin, was du immer sehnlich suchtest, du gewährst dir und der Welt Erhabenheit und Gottesebenbildlichkeit im Sanktuarium des Herzens, wie im weitgedehnten Aufschwung des Gewissens ins Unendliche der Geistessphären.

7.6
Alle Meine Pläne laufen auf das Sein heraus, das Ich in Mir gefunden, mit natürlichem Elan erschlossen und bis ins Unendliche erweitert habe. Ich bringe es Mir dar als eine Gabe allerhöchster Qualität an den der *Ist* und der sich selbst umrundet und gesundet mit allem, was er sich gedankenkräftig und empfindungsstark erschuf. Eine Weihe ohnegleichen liegt im Geistraum, den Ich frei heraus im Zeichen absoluter Glorie bewohne. Mein Bewusstsein reicht von Stern zu Stern in myriadenfachem Mich-Versinnen und erfüllt das All der Galaxien, deren Wurf und Drang die Weltenräumlichkeit aufs Trefflichste belebt. Es ist ein Spiel gigant'scher Kräfte, das Ich seit Äonen unternehme und Mir wunderbar gefallen lasse in der Pracht der Seinsszenarien, die sich dabei entfalten. Ein Loblied auf den Sinn, der alles Sein durchzieht, beschäftigt Mein Gemüt und lässt es in Beglückung und Holdseligkeit erwallen.

Aus allem, was Ich Bin, strömt offenbar die Freude am Gelingen alles dessen, was Ich genialerweis ins Rollen und Gedeihen, Aufblühn bis zur Fülle und zur Vielfalt reinen Menschentums gestaltet habe. Dabei war es schon immer Meine Absicht, Meines Urseins Qualität und Sitte, Sinnenfähigkeit und Geistesglut bis ins Unendliche zu potenzieren durch Vermyriadenfachung Meiner selbst in aberkühner Strategie. Alles dieses muss auch dir gefallen, wenn du nur den Anschluss findest an Mein überirdisches Gewalten, das akkurat das Deine ist im Schosse Meines unerschöpflichen Agierens. Gibst du dich Mir hin, so ist dein Wert und Wirken von dem Meinen nimmermehr zu unterscheiden und du glänzest reinen Glanz des All-Seins sonnenlichtgewaltig in die Göttersphären. Geisterhaben ist der Auftritt in dem Einen, das sich die Verklärten der Allherrlichkeit geworden sind, überwältigend ihr Sich-ins-Unermessliche- Verstrahlen. Sie weiden sich an dem, was sie schon immer waren und was sie früher oder spät erkannt und ihrem Seinsgefühl vermittelt haben.

Glückselig wer zu solcher Schau des Absoluten sich erheben und sich daran erbauen kann, denn ihm gehört das wahre Sein und Leben und der nie verebbende Gewinn an fürstlicher Erhabenheit, dezenter Wachheit und beseligendem Herzensfrieden.


7.7
Unbekanntes lässt sich nur mit grossem Aufwand an Erkenntniskräften zum erstrahlenden Begriff erheben. Mein „Ich Bin" ist so entstanden und es wartet ungeduldig darauf, auch von dir als wesenhaft und formidabel, überragend und beseligend erkannt zu werden. Die Menschen können in zwei Gruppen eingeteilt und abgesondert werden: jene, welche sich als wissenschaftliche Gemüter und Erklärer des Verstandesmässigen verstehn; die andern aber haben sich daran gewöhnt, ihr Begreifen vom Unendlichen, rein Geistigen herabzuholen. Die beiden Weltbegriffe müssen unbedingt zu einem Einzigen zusammenwachsen, denn es kann nicht sein, dass sie sich gegenseitig als nicht haltbar oder unreell bezeichnen. Tiefinnige Gedankenlosigkeit kann da die Brücke bilden von dem einen zu dem anderen und beide zum „Ich Bin das Sein" vereinen, das über allem herrscht und flutet, sendet und empfängt in eigner Kompetenz und einer Einigkeit mit allem was da *ist,* von wunderbarem Stil.

Hast du das Sein in dir erkannt, brauchst du nicht weiter um den Brei herum zu diskutieren. Du kennst das würdigste Gesetz im Kosmos der Gewalten und kennst den Animator aller Dinge im Allhier, dem alle Gründe hinten, vorn und weit und breit gehören. Das Näschen der Vernunft ist viel zu klein, um hier darauf zu stossen; es muss ein neues, hochsensibles, allerhabenes Bewusstsein von der Welt herangezüchtet werden, das erkennen mag, wie sehr die Dinge allen Sinnenscheins mit der profunden Geisteswirklichkeit zusammenhängen, die Ich ohne jeden Zweifels Spur mit Vehemenz vertrete. Kannst du etwas, was du gründlich kennst, aus irgendeinem Grund verneinen? Niemals! So geschiehts auch Mir, dem Allgewaltiges vor Augen steht und damit die bedeutungsvolle Konsequenz, was wahr ist, auch in Wahrheit, Würde und Erfahrung rechtens auszusagen.

Bindest du dich ein in Meines Schauens gnadenvolles aperçu der Dinge die das Ganze meinen, öffnen sich dir Meiner Gärten paradiesische Girlanden und Gefälligkeiten mehr und mehr. Du Bist ein Wesen der Verklärung hin zum götterlichten Ursprung von dem, was du Bist und immer warst in wunderbar gesegneten und geisterfüllten Zügen. Sowie du sie erkennst, ist deines Heils und deiner Heiligung Gebiet erschlossen und du schreitest still und freudenvoll in ihm voran, dem Strahlenlicht des Ewigen entgegen.


7.8
Gesetzt der Fall Ich ginge still und stumm gemessnen Schritts an dir vorüber, du würdest dich kaum nach Mir umsehn, weil du nicht wissen konntest, wer Ich wirklich war. Und wenn du's wüsstest, ist zu fragen, welche staunende Vereh-

rung und Ergriffenheit, Frömmigkeit und Liebe würde dich befallen und dein Herz zutiefst bewegen, Meinem Gütevollen, Gottbegnadeten entgegen. Gerade dieses hoch erhabene Mysterium ereignet sich tagtäglich, indem Ich nicht nur unbemerkt an dir vorüberwandle, sondern wesenhaft und gütestrahlend in dir Bin, Gottseligkeit verbreitend, lichtvoll und gedankenschwer.

Dein ganzes Sein und Leben so begleitend, ist es Mein sehnlichstes Verlangen, dich zur Erkenntnis deiner Selbst, als Mich, zu führen und vor deinen Seelenaugen das Geheimnis deiner Individualität zu lüften, liebevoll und sonnenklar.

„Ehrfurcht vor dem Leben" ist nicht aus der Luft gegriffen, Ehrfurcht vor dir selber muss dich vehement befallen, wenn du nur schon ahnst, mit welchem Wert, Kaliber und Bedeuten du begabt bist im alltäglichen Geschwader der Begebenheiten.

Alle Meine Meisterzüge sind der Gottheit würdig, die Ich in den Myriadenwelten Bin, indem Ich sie mit Meinem Geist und Sinn belebe und Mich ihnen auf die allerfreundlichste und liebevollste Art und Weise offenbare. Nicht du bist es, der gut ist, sondern Ich in der bewussten Majestät und Götterherrlichkeit, die Ich in deiner Innheit pflege. Pflegst du sie mit, so bist du schon zum Heil und Wonnesein in Mir gediehen, der Ich allüberall akkreditiert und eingeführt, vertreten und beglaubigt bin in wunderbarer Übereinkunft mit Mir selber. Das zu wissen und erfahren sei dein nobelstes Geschäft und dein erhabenstes Verlangen in der Folge deines Aufstiegs und Dich-selbst-in-Mir-Gewahrens. *Sei* und erfülle, was du Bist, mit Sein und Leben, hochbewusst und heiter, sinnerfüllt, glückselig, licht und wahr.

## 7.9

Konstanz in allen Disziplinen schreibt sich bei Mir riesengross, denn ohne das verwegene Beharren auf den Plänen, deren strahlende Verwirklichung Äonenzeit erfordert, kann kein wirklich grandioses Weltenmeisterwerk entstehn. Schritt um Schritt Bin Ich in Sachen Erdgeschichte vorgegangen. Immer warst du Abbild Meiner selbst und als krönende Vollendung allen Evolutionenschaffens Mein bezauberndes Idol. Doch musste erst das Erdenrund als Basis deiner Operationen von Mir vorbereitet werden. Der Pflanzenwelt bedurfte es vorab als Mittel, um dich tüchtig zu ernähren. Der Tierwelt habe Ich ein Eigenständiges, nicht für des Menschen Unterhalt benötigtes, Gebiet und Lebensrecht verliehen. Schliesslich war die Basis für Mein Menschensein gelegt und aus den kosmischen Gegebenheiten schöpfte Ich die Myriaden wunderbar gefälliger Ideen, die nun als mikrokosmisches Gebilde mit dem Namen Mensch vor aller Augen stehn. Konstanz und Herzlichkeit, All-Liebe und Verbindlichkeit mit Mir sind ohne jeden Vorbehalt in dich gegossen und können von dir nie genug geschätzt und hochgehalten werden. Als Produkt der Schaffenskraft und Wirksamkeit von unermessnen Zeitenräumen steh Ich in dir vor Mir selber da und schaue Mir ins Angesicht der ungezählten Variationen Meiner selbst. Du *Bist* und darfst dich rühmen, einer Weltengottheit Abbild und Genie zu sein, darfst dich als Träger eines Urbilds wissen, das von Mir zu dir gewandelt, transformiert und gutgeheissen worden ist.

Weltgeschichte und Geschichte deiner Evolution, o Mensch, ist Schicht um Schicht ein grandioses Geistesabenteuer Meiner Konvenienz, wie der des Seins, das allem vorgeht und in Allpräsenz die Kraft und Weisheit, Schöpferliebe und Begeisterung ist, an dessen Unergründlichkeit die sinnlichen wie übersinnlichen Gebiete hangen. Das ist das *Eine*, das du Bist, in allem wie in Mir und das dich seinsglückselig machen kann, wenn du es ehrst und recht verstehst in deinem unerhörten Langen.

## 7.10
Ich komme, ruf Ich den guten Geistern über Mir gewissenhaft und gut beraten zu und meine damit das Ergreifen einer Lebens-Initiative von bewundernswertem Klang und der Devise: nimm Mich auf in deiner Herrlichkeit Gefüge und erbarme dich geflissentlich an Mir.
  Da tritt hervor, was *Ich* der Welt und ihrem Ungestüm bedeute, nämlich das Errettende und sakrosankte Fluidum der Geistesstärke und der Herzensgüte von des Himmels Guss und Equilibrium. „Mir mangelt nichts" darfst du dir sagen, wenn du Mich ins Feld führst als der Vater aller Dinge, dessen Gaben Legion sind und nur von den Beschenkten angenommen werden müssen. Dann schreitet jeder, der da seinsverständig ist, wie auf Schienen Meiner wie auch seiner Himmelsherrlichkeit entgegen und sein Herz schlägt intensiver und erwartungsvoller Tag für Tag. Das ist ihm auch zu gönnen, denn was ihn erwartet, ist die lautere Gerechtigkeit der Sphären, die da unumschränkt und heiter herrscht in Meinem Namen, wie in der Vereinigung der götterlicht Gewordenen in Mir. Zuwachs kann Ich immer brauchen und die aufs Trefflichste gewachsene Gedankenschärfe hilft Mir, Meine Ziele mit der Menschheit und der sagenhaften Menschlichkeit, die Ich vertrete, bestens zu erreichen.
  Mit jedem zweiten Wort wirst du vom Glück erzählen, das dir so in Mir geschieht auf Abruf im

allgöttlichen Geschehn. Es laufen sich zwei Herrliche entgegen, du und Ich und wenn sie sich gefunden haben, tritt ein inniges Verschmelzen ein, dem man nichts weiter als die Einheit aller Dinge attestieren kann. Es ist das Wunder des Erhebens zum Olymp der Göttlichen, die sich offensichtlich an der Unbeschwertheit und Holdseligkeit, Erhabenheit und Würde ihres Götterseins erlaben.

Das ist der Kern der Sache, die Ich vor dir auszubreiten habe, wie die Lieblichkeit des Angebots, das Ich dir vor die wunden Füsse lege. Nimm es an und eile, es mit Geisteskraft, Vertrauen und geduldiger Erwartung zu erfüllen, als von Mir genährt und hochgehalten, tröstend durchgezogen und aufs Trefflichste beschützt von Meiner treuen Geistbrigade im universenweit verbreiteten Allhier.


7.11
Machst du *einmal* nur mobil in Meinem Sinne, wirst du es danach noch tausendmal versuchen, denn das Unbekannte lockt und lockt und lässt dir weder Rast noch Ruh, bis dus im Allerinnersten gefunden. Es kommt und geht als treuer Weggefährte bei dir ein und aus und schmeichelt dir voll Zärtlichkeit mit seinen Liebesgaben. Doch dir allein ist es gegeben, leis gewordnen Sinnens, Meine heitere Gebärde tief innig zu verstehn und ihrem Wink zu folgen, ohne Wenn und Aber, frei heraus und ohne Wiederkehr. Lass es gut sein, wenn die Güte Gottes dich umfängt und dir erlaubt, dich im gesamten Dasein recht erspriesslich wohlzufühlen. Mache dir ein Fest daraus, in Meiner seinslebendigen Gegenwart beglückt und innig zu verweilen und öffne dich dem Sein wie dem erquickenden und liebevollen Sonnenstrahl. Du *Bist* in seinem Lichte ein Erhabener von Gottes Fürbitt und Erlangen, ein Verklär-

ter von des Seins Manier und ein zutiefst Verwandter und Verbündeter mit Mir. Lass es dir gesagt sein, dass Ich stets zu deinen Gunsten operiere und dein Sein mit Meinem so durchtränke, dass es niemand wunderlich erscheint, wenn er da nichts mehr unterscheiden kann im Wesen, wie im Wert, die ihm da lichterloh begegnen. Das Wohlgefallen Gottes fällt dich wie im Märchen an und gefällt sich selber im Bewusstsein, dich für sich erobert und erschlossen, aufgeklärt und überzeugt zu haben.

Wandelst du in *Meinem* Lichte, wird dir alles selbstverständlich, sylphenleicht und seelenvoll im Seinsverkehr mit Mir.


7.12
„Warum gewollt", ist hier die Frage an die eigene Natur, die sich mit so viel Schöpfungen und Sanktionen zu befassen hat? Weil Ich es will und kann, ist die verblüffend einfache Parole, mit der Ich Mich erkläre dort, wo Unverfänglichkeit und Einfachheit gefragt sind unter Meinen Bürgen. Du aber könntest wohl den Satz ertragen: Immer wieder ist es anders mit der Motivation zum Handeln und so ist es selbst für unsereins recht schwierig, sich zuallerinnerst richtig zu begreifen.

Da gilt es offenbar, von Fall zu Fall gehörig zu entscheiden, wie die Sache weitergehen soll, um dem hohen, variablen Standard zu genügen, den Ich an die Dinge Meiner Zunft und Überlegtheit lege. Dir ist das nur möglich, wenn Ich dir die intimsten Gründe und Geheimnisse verrate, die Mein Sosein prägen und Meinem Handeln das gewisse Etwas induzieren, das so viel an Faszination, Ursprünglichkeit und flammendem Genie verbreitet in den Welten Meines gottgesegneten Agierens.

Strafe dich nicht mit dem Willen, alles selber zu gestalten, was da förmlich auf dich zurennt und Entscheidungen erfordert von enormer Wichtigkeit an deinem erdgebundnen Hofe. *Meine* Höflichkeit hingegen ist an nichts Verfestigtes gebunden und schwebt frei im unermesslichen Gedankenmeer, das Ich Mir souverän und seelenvoll zugute halte. Nur mit Meiner gnadenvollen Hilfe trittst du in es ein und darfst dich an dem Duft des wahren Seins erlaben, das Ich Bin und dem die Welten alle bis zur letzten Fiber unbedingt zu huldigen haben. Merkmal Meiner selbst sind Götterglanz und Tugend, ewige Jugend und verheissungsvolle Zärtlichkeit in der Begegnung mit den allerweisesten Geschöpfen, die endlich in sich selber Mein geworden sind und damit, eingehüllt in Meine Güte, zauberhaft agieren. Das ist dann für sie und Mich ein wunderbar gefälliges Erleben, denn in ihm erfüllt sich wie von selbst die Einheit aller Dinge, deren Charme und Wohllaut Ich mit Vehemenz und Seinsergebenheit betone.

So komplex die Lebensdinge immer wieder scheinen, schliesslich finden sie ihr Ende und ihr Ziel in der markanten Einfachheit, die Ich Mir Bin, in Seinsvollendung und Erhabenheit, Bewusstseinsklare und Beseligung wieder. Indem Ich zu dir niederkomme, kommst du geflissentlich hinauf und darfst dich rühmen, eines Gottes Weggefährte und Gespan zu sein bis in die allerhöchsten Regionen und Basteien, die verlockend vor dir liegen. Ein Ende ist nicht abzusehn und dennoch findest du in Mir Erlösung und Relieve, sowie du tief in Meine Unermesslichkeit gesunken bist und wieder auferstanden in der Glorie des Allerhöchsten, wie im Sanktuarium der göttlichen Begierde, dich in ihrer Näh zu sehn. Weide dich am Licht in das du eingetreten und überschaue lächelnd und gelöst, was du in Mir geworden bist im liebestrahlenden Allhier.

7.13
Mach es dir nicht schwieriger als nötig, um aus deinem variablen Ungemach zu Mir zu kommen, wo lautrer Friede herrscht und Redlichkeit den Tag bestimmt mit seinem vielgestaltigen Rumoren. Vergiss die Wände, die du dir errichtet hast, um dich von allem abzuschotten, was dir Unruh bringen könnte, denn stets bist du dir selber das Problem, das es zu lösen gilt, auf deinen vielverschlungnen Lebenswegen. Du haderst mit dem Schicksal und suchst eifrig Gründe dafür, welche ausser dir und deinem Sosein liegen und verkennst dabei, wie sehr dein linkisches Verhalten das verursacht, was dir später harsch begegnet in des Lebens unablässigem Rangieren.

Da gilt es, dich hineinzudenken und zu -fühlen in die Gründe deines Gegenübers, so und so auf dich zu reagieren, für sein Wohlverhalten oder die Kritik, die er entschieden an dir übt. Willst du wahrhaft weiterkommen auf dem Weg zu Mir, so werde kritischer dir selber gegenüber und vermeide es, das, was du selber tun sollst, andern aufzuladen in der Vielfalt der allmenschlichen Natur.

Bist du dem Weltenwesen gegenüber echt, gerecht und liebevoll geworden, so kann Ich dir die Augen dafür öffnen, was du selber *Bist* in Meinem universenweiten Unternehmen. Als winzigs Rädchen im Getriebe magst du klein vor dir erscheinen, im Bewusstsein der Identität mit Meiner All-Natur jedoch erfährst du dich als Wesen der Unendlichkeit und Träger göttlicher Substanz, die dich zur Seinsvollendung leitet. Das bedeutet, dass du weisst: Ich bin ein geistgeborener Gefährte der allweisen

Schöpferkräfte in der liebevollen Trautheit, die sie selbander sich vergeben. Eine unschätzbare Note Bin Ich in der grossen Fuge, die die All-Natur sich selber intoniert und deren Klang von Meinem moduliert wird in der allerfeinsten menschengöttlichen Manier. Das ist dann die Krone deines Selbst- und Seinserkennens, deren Glanz den Geistesraum erhellt in dem du dich bewusst erlebst. Du *Bist*, vom Weltenwahn erlöst, im Wesen der Allherrlichkeit geborgen, das Ich mit dir Bin im geistbeseelten All-Raum, wie in den von Mir geschaffenen, gedankenvollen, illusorischen Äonen.


7.14
Halt, ruft die Wache vor dem Tor, du sollst nicht ohne Eignung Mein geheiligtes Gebiet betreten. Es kann nicht sein, dass irdisches Gedankengut telquel hinüber in das Überirdische verpflanzt wird, weil sich dort, im Geistgebiet, die Dinge viel lebendiger verhalten. Ein Abgrund ist dein Deine-Eigenheit-Verlieren. Du stürzest dich ins Nichts und fühlst dich plötzlich aufgehoben; du weisst nicht weiter - und auf einmal führt dir das Unendliche das Weitere vor, so dass du hoch entzückt bist über sein grossmütiges Verhalten. Nimm dir Zeit, in dich hinein zu horchen und gehorche dem, was du spontan vernimmst, aufs Wort. Es ist die Stimme der gottseligen Vernunft, die dir voll Güte nicht nur viel verspricht, sondern es dir reichlich gibt in wundervollen Zügen.

So wird denn dein Dich-mit-dem-Ewigen-Beschäftigen zu einem graziös geflügelten Gedankenspiel, an dem die Deinen sich aufs Köstlichste erlaben.

Es wird vieles in dir meldepflichtig an die Welt, in der du dich bewegst und auskennst, lebelang und intensiv. Das gibt ein Kunstgebilde in dezenten

Farben auf Papier, ein Tongemälde, Wortgefüge oder eine formvollendete Skulptur. Alles wahrhaft Schöne kommt direkt von Mir, der Ich mit Gedanken spreche und mit unsagbar gefälligem Gefühl. In wundersamen Rhythmen woge Ich gekonnt aus einem Niemandsland daher und überflute alles Dürr- und Mattgewordene mit Meinem seinslebendigen Strahl. Es wird das Leben in die Quadratur von Festigkeit *und* Geist erhoben, in die Gründlichkeit des Alltags ebenso wie in das götterlichte Geistrevier.

Dein Suchen findet nirgends als in Mir ein glückerstrahlendes Final; deine Sehnsucht nach Erleuchtung im geheimnisvollen Hiersein wird erfüllt mit ganz real von Mir gesendeten Empfindungen, die dich aufs Allerwerteste erlaben. So Bist du denn aus einem Nichts im Nu ein regelrechtes *Alles* dir geworden, das in sich die Kompetenz erfüllt, genau das Richtige und Götterwirkliche aus sich heraus zu sagen. Statt Fragen wirst du nun bewundernswürdige Erbauung in dir finden, denn du bist dem, was Ich dir Bin genehm und liebenswert geworden. Ohne jeden Zweifel stimmt, was du gelassen konstatierst und was dich dazu animiert, voll Lebenslust und Schaffenskraft, Hingabe und Begeisterung am Welten-Sein ins namenlos gefällige und makellose Künftige zu schreiten.


7.15
Einsteigen in das schaukelnde Boot der Parolen, die das Herz bewegen und den Sinn erfreuen mehr und mehr. Da gilt es, die enormen Rechte, die dir eingeboren sind, gebührend zu verteidigen, damit sie nicht beschnitten werden von des Alltags Einerlei und vielbewegten Perioden. Ich stärke dich mit weiterführenden Gedanken, die sich auf den

Wert, wie die Verwirklichung des wahren Selbst beziehen und die in dir seit eh und je in sanftem Schlummer liegen. Von Mir empfangen sollst du ungesäumt den Märchenkuss der Weisheit, der dich aufweckt in den azurblauen Gottestag, den Ich dir mit Meinem Herzblut und in unerschöpflichem Erwarten frohen Muts bereitet habe. Vom Dämmer in das Licht will Ich dich treiben, vom Banalen in das höchst Komplexe, das die weltlichen Gemüter herzensfroh bestaunen und dem die göttlichen einhellige Bewunderung entgegenbringen. In allen Lebenssparten zeigt sich dir die Genialität der Schöpferkräfte, die die Dinge so geschickt und währschaft zueinander in Beziehung bringen, dass daraus ein Zauberwerk entsteht von wunderbar gefälligem und mustergültigem Gelingen. Auch du bist das, was Ich in deine Konstitution gelegt, belebt und stets aufs Trefflichste behütet habe. Meine Kräfte sind in dir das allergrösste Wohl und Mein Gehaben schmückt den Tempel Gottes, der du bist, in deinem Leibe. Ein Geisteswunder ist's, dass Ich beständig in dir wohne und deinem Sein erhabene Gesellschaft leiste, lebelang und lichterloh. Sowie du das erkannt hast, wird es hell in deinem träumenden Gemüte und du trägst das Siegel der Verklärten stolz und frohgemut voran in eine Zukunft voller Wunder und Gelegenheiten gut zu sein in menschlichen und göttlichen Belangen. Kann denn die Welt auf diese Weise für dich aufs Entschiedenste und Wohlbekömmlichste in Ordnung sein, will Ich dich füglich fragen? Ich singe Ja und intoniere gleich mit dir ein Loblied auf die Güte und Gelassenheit des Weltenherrn, der über allem seine Kräfte spielen lässt und seine Seligkeit verströmt als Sein vom Sein in lauterem Beginnen und Begreifen, Auferwecken und den Nimbus-der-Allherrlichkeit-in-alle-Weiten-Tragen.

7.16
Dem Sieger die Palme, rattert das Volk. Ich aber sage dir, in vielen Fällen hat der Unterlegene weit mehr geleistet, als der Siegende im ellenlangen Marathon. Das bedeutet für dich, dass Ich jede Herzensregung schätze, die dich einem wohlgesetzten Ziele näher bringt in deiner Eigenart zu leben. Was Ich will, sind Taten redlicher Natur, die eine Menschheit vorwärts bringen auf der Evolutionenspur, die Ich ihr vorgegeben. Nur Mangel an Elan und Einsicht stellt sich dem Sinngedicht, das Ich in Szene setzen will, entgegen und vor allem auch die Eigensinnigkeit, die in den Köpfen ganzer Völkerscharen willentlich rumort. Das will heissen, dass es ohne Mich nicht geht und dass die Menschenwürde und Beweglichkeit an Meine angekoppelt sein muss, um zu einem fabelhaften Resultat zu führen. Nur *Meine* Werke sind am Ende wahrhaft gross und was *Ich* in dir unternehme, kann vor der Einheit aller Weltendinge regelrecht bestehn.

Das geb Ich dir voll Liebe zu bedenken, um dir aufzuzeigen, wo es lang geht auf der Reise in das Ewige, das Ich Bin und das auch dir gehört in wunderbarem Einklang mit der göttlichen Natur, die dir anheimgegeben.


7.17
In grossem Stil gewähre Ich dem, der da will, Mein Einziges: des Seins Gewährnis und Erheben. Wie Goldbrokat und himmelblaues Strahlenlicht mag es dich zieren, wenn es dich leise, weise, überkommt mit allen seinen Geistesqualitäten. Sie heben dich wie warme Lüfte ins Unendliche hinan und lassen

dich galant und heiter im Gedankenspielerischen schweben. Das klingt und singt in freien Rhythmen und Improvisationen und vergegenwärtigt dir das unbeschwerte und unendlich Feine, das es *ist* und das Ich Bin in wunderbar geselligen und anmutsvollen Geisteszügen. Es zaubert ohne jedes Überlegen eine Fülle von eurythmischen Gebärden vor dich hin und ergeht sich wie im Sylphentanz im Mass des Schauens, das dir eigen.

  Sowie du das, was Ich auf diese Weise Bin, erkannt hast, ist dein Sein auf eine neue Weise hocherhaben und stabil vor allen weltlichen Querelen, die sich noch durch die erbarmungslosen Niederungen ziehn. Wohl nimmst du Anteil und Verbindlichkeit an ihnen, doch das Überragende, vollkommen Freie überwiegt bei weitem im Bewusstsein der Allherrlichkeit, das dich befallen und an dem du unermesslichen Gefallen findest im beglückenden Allhier. Was immer dir auf diese Weise wohl gerät, ist eine Sache der Barmherzigkeit, die von ganz oben liebevoll und zärtlich zu dir niederströmt und dich begeistert, wie man reine, kleine Kinder noch begeistern kann mit wenig und mit doch so viel. Sie sind entzückt von jeder Geste liebevoller Anteilnahme, die ihrem blinkenden Empfinden nahe kommt und ihre kleine Welt im Nu verzaubert und sie gross macht wunderbar. Dir aber sind die allergrössten und bewundernswertesten Gefilde und galanten Möglichkeiten offen, die zu Nutz und Frommen stillvergnügt an deinem Geisteswege weilen. Ergreifst du sie, so werden sie zu silberglänzenden Talenten, die dir Ruhm und Ehre, hohe Achtung und Gewinn in Fülle bringen.

  Als eine Wunderblume reckst du dich dem Gotteslicht entgegen, das dich in milder und gelinder Unvergänglichkeit und Liebe überstrahlt und freust dich innig an dem Duft, den du darob verbreiten darfst von Mir.

Alles, was da *ist,* ist bis zum letzten Feinschliff durch mein Sein aufs Köstlichste gediehen und erfüllt sich in sich selbst mit reiner Wonne am bewussten Welterleben, wie mit einer namenlosen Seligkeit am Sein an sich, das alles überragt und das dem Sternenlicht den unwahrscheinlich süssen Silberglanz verliehen.


7.18
Wie darf Ich doch im Glück der Stunde für den Nimbus dankbar sein, den Ich Mir freien Sinns errungen habe. Das Welten-Ich hat alles, was Ich leiste, an Mir wohlgetan und veräussert sich gekonnt und zuversichtlich durch der seinsverständigen Gemüter respektables Heer. Es ist mit wohlgefälligen Ideen vollgeladen und ergeht sich pausenlos in schöpferischen Fantasien, die die Welt in unversieglicher Bewegung halten. Du spürst den Wind der Schönheit und Gelassenheit, der von Mir ausgeht und die weite Welt durchströmt in linder Zartheit und ereignisvollem Herzbewegen. Sein Vorübergang erzeugt ein Staunen und ein Raunen übersinnlichen Gewahrens und bereitet allen aufmerksamen Seelen reinen Freudenlichts Final. "Der du von dem Himmel bist", hör Ich begeistert zu Mir rufen und erwidere: "Ja, natürlich Bin Ich es in absoluter Selbstverständlichkeit und freudevollem Dich-bei-Mir-Begrüssen". Was Ich hier Bin ist auch dir jederzeit aufs Trefflichste beschieden und begütet dich mit Himmelsweisheit und beglückender Holdseligkeit aus Meinen vielbegehrten Schalen.

Wie immer du dich unter Meiner Leitung und Gewissenhaftigkeit benimmst, liegst du goldrichtig und darfst dich darauf freuen, von jedermann gefeiert und geliebt zu werden in den gütestrahlenden Bewusstseinswelten, die du neuerdings bewohnst. Nicht von hier und doch in Wesensfülle und Geschicklichkeit bewegt sich alles, was da *ist*, voll Grazie einander zu und hilft sich, in Beweglichkeit und Liebenswürdigkeit, in Makellosigkeit und wunderbarer Seinsgewissheit vor sich hin zu leben. Angekommen bist du, wenn du dies in dir verspürst und Mir deswegen Referenz, Geduld und Dankbarkeit entbietest. Weiterwirkend muss der Anstoss, den Ich dir gewährte, durch die Zeiten gehn und Früchte bringen von erles'nem Sinngehalt, von überzeugender Wahrhaftigkeit, wie von gedankenvoller Güte des Belebens. Du erfährst in Mir die Wandlung des Bewusstseins bis zum strahlenden Erkennen deiner Gottnatur, die dich immerwährend durch dein Sein begleitet und in Mir bewahrt durch die erschütternden Äonen.


7.19
In der Seinsgesellschaft leben heisst, vollends mit Mir am selben Stricke ziehn. Nicht umsonst hat ein Prophet von Mir den Satz geschrieben: wer nicht für Mich ist, muss ohne Zweifel wider mich agieren. Das scheint ein hartes Wort zu sein, doch kann die Logik hier kein Milderes gestatten im absoluten Seinsverfahren. Gehst du mit Mir einig durch die Zeiten, ist dein Lebenssinn intakt und ruht auf festem Grund in sämtlichen das Sein betreffenden Belangen. Lässest du dich vom Despotischen zur Eigensinnigkeit verführen, schreitest du auf seinen Pfaden führungslos dahin und stellst dich damit Meinen Zwecken rabiat entgegen.

Demnach ist dir dringend anzuraten, ohne jeden Abstrich Meiner Gottesspur zu folgen, die da heisst:

vertraue auf den Geistgehalt in allem was da *ist* und wachse so in das Unendliche hinein, von Meinen allgewaltigen Gnaden.

Das Sinnensein hat Lehr-Charakter und empfindet sich als von Mir ausgestossen. Wahre Lebenskunst jedoch ist es für jeden Menschen, sich als *in* Mir zu erkennen als im Geist der innigen Verbundenheit mit allem was da seine universenweiten Kreise zieht. Ausser Mir kann es nichts geben, merk dir das, und sieh, wie alles Irdische zur Illusion wird, wenn es ohne Geist betrachtet wird in den wissenschaftlichen Annalen.

Ich aber Bin und lasse Mich vom Irrlauf ganzer Welten nicht berühren. Was Mir zukommt wird von Mir gesegnet und geheiligt, auserlesen und mit fürstlichen Geschenken reich belohnt. Es sind dies Weisheitsgaben von enormer Kraft, sowie das sichere Geleit durch allen Weltenwirrsals sträfliches Versagen. Glücklich wer den Weg zu Mir gefunden, holdselig wer sich vollbewusst an Meine grüne Seite schmiegt in einer neuen Welt voll Licht und Ordnung, Geistesgegenwart und liebevollem Sich-im-Sein-Erkennen.


7.20
Wende dich, Ich bitte dich, den oberen Rängen zu in der Philosophie der Hoffnung, die Ich in allem Ernst vor dir vertrete. Es darf nicht sein, dass deine Lebenslust sich jahrelang verpufft in guten Treuen an die Welt der Dinge ohne, dass du dich nur einen Deut um das Urewige kümmerst, in der durchgestylten Lebensstrategie. So bedeutend du auch immer deine Kreise ziehst im Dich-Erleben, muss es dir gelingen, auch in Meinem einen Ehrenplatz zu finden, der dich in das Künftige, Unendliche hinüberrettet in bewusster Daseins-Kortesie. Ein

Leichtes ist es, die Bestimmung deiner selbst im Leben zu verfehlen, unendlich schwierig jedoch, ihr zeitig auf den Sprung zu kommen und damit ihren Charme und ihre wundersame Süsse zu erfahren.

Es fehlt dir noch die Einsicht, dass du in Persona für dich, wie für Mich, viel mehr bedeutest, als es eben scheinen mag. Dein Wirkungsfeld erstreckt sich, ohne dass du's weisst, vom Hier zum Dort und dann vom Dort hinauf und immer weiter bis zur Wesenswelt der Sterne, die dir immerzu ihr Weisesein entgegenleuchten. Brillant und herzensgütig sind die Geisteskräfte, die den Lichterglanz betonen, dessen Strahlen wir mit so viel lächelndem Entzücken sehn. Erst das Wissen um das Geistige im Weltenraum vollendet deine menschliche Allüre und lässt dich vor dir selber als gewissenhaft und wahrhaft gross erscheinen. Das Bist du gewiss auch vor der Wissenschaft des Seins, die Ich mit solcher Vehemenz vertrete, denn die Weisen und Gelehrten aller Zeiten haben sich in ihrer höchsten Blüte als im Sein begriffen, das da *ist* in unverwandelbarer Wesensharmonie und Stärke, Geisteshaltung und erschütterndem Genie.

Willst du von Mir lernen, was dir wirklich frommt, so trage dich ins Buch der Stillen und Gestillten ein und finde dich an einem Brunnen mitten in der Lebenswüste, der das Grüne in dir sprossen lässt und dir den azurblauen Himmel öffnet Meiner Disposition und Klarsicht, seelenvollen Pietät und glückverströmenden allgöttlichen Allüre.


7.21
Weit offen ist das Tor zur grossen, neu entdeckten Welt der Geisteskräfte, die das All beherrschen und seit eh und je in Meinen unisonen Diensten stehn. Du brauchst nur seiner sichtig und bewusst zu

werden, um dann mutig und gekonnt hindurchzuschreiten, einer sagenhaften Helle, Wohlbefindlichkeit, Bewusstheit und Allherrlichkeit entgegen. Es ist ein Geistesabenteuer erster Güte, das du hier beginnst und das du ohne jedes Wenn und Aber zu bestehen hast nach Meinem alles überragenden Befehl. Es wird dir Unrecht und Blamage, tiefes Leid und manches Ungebührliche geschehn, derweil du, Meinem Meisterrufe folgend, zielbewusst und voll Vertrauen fürbass gehst, ins hochgelobte Land der ewigen Heiterkeit, Prosperität und Siebenseligkeit von Meinen gloriosen Gnaden.

Freie Wahl bleibt dir erhalten im Entscheiden, was du dir aus Meiner Welt zugute halten willst; doch ohne Meinen Einfluss und Mein gütestrahlendes Profil muss deine Seele unbedingt verkümmern und schlussends am Bettelstabe der Verworf'nen durch die Niemandslande gehn.

Was auch immer sich in dir entfaltet, kommt aus Meinen Geistesräumen deinem Wesen zu, du musst es dir jedoch voll tapferer Regie zu eigen machen. Das Neue daran ist, dass du vom Weltlichen zum Geistessinne wechseln musst, in deinen Überlegungen, Erkenntnissen und scharfen Ambitionen. Das Vermögen, dir was Rechtes vorzustellen, muss geschult und zur vollendeten Geschicklichkeit und Wohlfahrt für dich ausgebildet werden. Das besorge Ich, wenn du nur kräftig willst und dich nicht scheust, die Forderungen dich Ich an dich stelle, ungesäumt und trefflich zu erfüllen. Bald bist du ein gemachter Mann im Geistesstreben und darfst mit den besten Exponenten des Gewerbes an demselben Tische sitzen und das Glück verhandeln, das dir hier geschieht. Bleibe, sagt die Runde und erhalte dich im Blühen einer Zeit die nie vergeht, die dich in Lauterkeit umfängt und deinen wahren Zügen Geltung und Gelegenheit verschafft, im Gottesglanz zu leuchten und in seiner Würde aufrecht und voll Wonne dazustehn.

Ludwig Weibel, geboren 1933
Lebt in CH-9200 Gossau/St.Gallen
Studienabschluss als Fernmeldetechniker
Schriftstellerische Berufung zur
"Philosophie des Seins" für vife Geister.
Erstellt elegante Graphiken mit einem
Pendel-Apparat. (Siehe Buchumschlag)
Homepage: www.das-sein.ch